最後的勝利舞臺
The Winning Stage

RiceDaddy7 Books

序

這是「貪」，「嗔」，「痴」系列裡「貪」的故事。

在人生舞台上，你，我，他各擔任着不同的角色。有些人默默地演繹，但有些人為了貪戀別人的角色而做出些錯誤選擇。

但又有誰知道，到了最後，能夠站在勝利舞台上的人又會是誰呢？

今次我嘗試用女性的角色寫這個故事，希望不會是一個錯誤的選擇。 更望大家會喜歡，特別是女性。

祝福大家。

在德克薩斯州的一個近郊小鎮，有一間不太大的房子，它嶄新的建築，與附近殘舊的鄰居相比，覺得有點兒格格不入。　住在該房屋的是一個中年女人，和一個叫她做媽咪的5，6歲小男孩。那天是星期六的早晨，穿着平實的女主人，正忙碌地準備早餐給她的兒子吃由於早起床，她梳洗後，祗是隨便拿一條咖啡色的橡皮筋將散亂的頭髮紮起來。

"媽咪，我可不可以與小寶到後園玩？"

"少華，你不是要看電視的卡通片嗎？"

她一路煎蛋，一路與站在廚房門口的少華說。

"媽咪，「神奇鋼鐵人」剛做完。現在做的是「小飛馬芝芝」。"

少華答覆她的媽咪。媽咪要求他先吃完早餐後才可以出後園玩，少華唯有走回大廳繼續看他的動畫電視。五分鐘過後，媽咪做的早餐亦已弄好了。

當她拿早餐出飯廳時，看到少華正想將那罐曲奇餅收起來，但他吃過的曲奇餅的餅碎，仍殘留在沙發上。

她望了少華一眼，說：

"我曾吩咐過你在吃正餐前不能吃其他東西，你又忘記了。"

少華垂下頭不敢看他的媽咪。

"媽咪，對不起，但是我真的很餓，而且妳每天弄的早餐都是燕麥粥，受不了。媽咪將那碗仍冒煙的燕麥粥放在他面前，然後笑着說：

“你應該知道燕麥片是有益的，除非你想長大後像舅父一樣肥胖。”

“NO，我不想長大後肥得像舅父。”

他的一番話逗得他媽咪笑起來。

“媽咪，可不可以放些鹽巴在我的煎蛋上。”

她聽到後就轉身在廚房的枱頭拿了一個塩樽給少華，並説：

“當然可以， 不過不能放得太多， OK， 夠了 ， 你己經下了很多。”

她迅速將少華手上的塩樽拿開，少華無奈地繼續吃他的早餐。

“媽咪，我們都很久沒有到唐人街飲茶，”

兒子的一句話使她不知如何作答。

“不如今天，好嗎？”少華望着坐在他對面的媽咪説。媽咪想了一會就答他。

“如果你答應去唐人街上中文課，我會在接你時一起去飲茶。”

少華立即現出一個討厭的表情。

“Oh，No，媽咪，我最討厭的是去上中文課，它令我感覺得很沉悶，而且，那個教中文的中國老師，他説的英文，我一句都聽不明。”

媽咪望了他一眼，然後説：

"那就算罷，我不想單單為了去飲茶而開一段長路去唐人街。"

少華聽到後，如洩氣的皮球，樣子變得不高興。後來，他好像是想通了，於是說：

"媽咪，如果妳一定要我去讀中文班，可否祇在我放暑期時才去呢？"

他見到媽咪笑着點頭，他隨即舉起他的小食指，但媽咪不明白孩子的想法。於是問他是什麼意思。

"1，1天，我祇在星期六那一天才去上課。"

原本她想拒絕，但見到他的笑容，兩個小酒渦極似孩子的舅父，特別是當他笑時，面部的肌肉不受控制地向上推起來，使到原本小的眼睛，立即變成了兩粒黑色小豆豉。少華見到媽咪沒有反對，繼續提出他的要求。

"今天可以嗎？我真的很懷念那些燒賣，芝麻卷和芒果布丁。"

他一邊眯着眼睛說，一邊裝出一副咀嚼的樣子，他貪咀的表情，使媽咪無奈的答應他。

"但是你一定要先吃完這碗燕麥粥。"

媽咪的話還沒有說完，少華已迅速的將那半碗燕麥粥吃光了。之後，他走過去，用小手抱着媽咪的頸，然後問：

"我現在可不可以同小寶到後園玩？"

媽咪說：

"可以，但不要讓牠跑去我種菜的地方便便。"

"Yes, Mommy。"

　　說完之後，他跑去吻媽咪左邊的面，因為他不想吻她長了疤痕的右邊面。媽咪待少華與小狗出了去後，開始將枱上的餐具收拾好。並把所有碗碟清洗完，之後走回書房，疲累的她坐在面對窗口的書檯， 望着書檯上與丈夫的照片，和放滿着她要寫稿的資料紙。

　　窗外是一叢叢矮小的綠色灌木，昨夜下的雨點，仍倚着春風輕伏在嫩葉上。透過玻璃窗她可以望到後園與小狗玩得很開心的少華。之後， 她打開枱上的電腦，開始繼續寫她的書。

--: 勝利的舞臺 :--

第一輯
Chapter 1

故事發生在美國德州南部的一個大城市，曉士頓。這個大平原上的城市，地下藏着大量的石油，這些豐富的資源使它成為美國經濟的重鎮，當全世界要求大量原油時，美國各大小城市裡的人都湧到這裏來找工作，一時間，這個能源都會變得繁盛起來。

可惜到了 80 年代，中東產油國同意增加石油生產量，頓時間使到油價由高峰處下跌到低點。令到該城市的產油業和其他相關行業的生意隨即下滑，而正在興建中的住宅和其他建築物亦因缺乏資金而要停工。

————

李先生在 70 年初，帶着他的太太和在中國出生的大女兒來到這裏。 憑着勤奮工作，兩夫婦將辛勞所儲到的錢買下了一間在城中心的中國餐館。

李先生明白到土能生金的道理，於是乘着房地產低迷時，將附近的土地買了下來。 果然不出他所料，曉士頓女市長見油價下跌而拖累這城市受到沉重打擊。於是提議將城中發展成為一個龐大的醫療中心，這個建議除了得到市政府同意外，更吸引了其他城市的大醫院紛紛到來買地建醫院。

一時間，這個沉睡了的城市又再次復蘇起來，令人佩服的當然是李先生的精明眼光，他所擁有的土地，全被建築商收購下來，建成了一幢幢宏偉的大醫院。

習慣了節儉的李先生夫婦，雖然是富有，但仍然住在以前買下的屋，原因是他相信這間屋，和餐館的風水幫他帶來財富和好運。所以在任何情況下，他都不會把它們賣掉。

由於李先生多年來不斷工作，使他的身體日漸衰弱，最後因勞成疾而病逝。 離逝前，李先生立下了遺囑，他將他的遺產，分開二份，一份是給他妻子，另外一份是分給他的孩子。大家都知道，李先生祇有一個大女兒蓮達和兒子大衛。

由於蓮達在讀書時期，經常都會來到餐館幫忙，所以她很熟悉餐館裡的運作。 到了她結婚後，李太就全權交給她們兩夫婦來打理。而她的弟弟大衛，個子不高，大概是 5 呎 6 吋左右高，但卻有 200 多磅重。雖然他常常被別人嘲笑，但他很聰明，在大學時是修讀電腦程式設計，畢業後，在一間小型的廣告公司上班。

在一個星期五的黃昏，剛巧該天又逢夏至，所以日光照耀的時間比平日還要長，到了晚上 8：30 分，雖然太陽己淹沒在水平線裡，但它的餘暉，仍依戀着天空，不捨得離開，有些還躲到晚霞裡，頑皮地轉出不同的顏色來。

————

這晚特別熱，車道上祇有幾輪汽車和載人回家的公車，在空空的街道上奔馳。連平常繁忙的中國城，亦呈現一片冷清，寄望能多做點生意的店舖亦因遊客裹足而提早打烊。

珠江酒楼算是唐人街一間較具規模的酒樓，由於今晚客人訂了全廳做婚宴所以裡面坐滿了客人，這個時候酒樓的員工正忙碌地將每張圓枱在狹窄的空間裡搬來搬去，由於主人家今天邀請了很多賓客，所以擠迫的座位令客人手碰手般坐在一起。

孩子的笑喊聲和中國人說話時高八度的談話聲使熱鬧的廳堂，变得很嘈吵。體重 200 磅的大衛，單獨一人伏在冷氣機的吹風口處，解開扣得緊緊的領呔，享受着吹出來的涼風。一個中年女人，從不遠處發現他獨自坐在窗前的冷氣機位。

"大衛，媽媽找了你半天，原來你避在這裏，快來，二姨等着我們和新人影相。"

蓮達見她的弟弟沒有回應，於是扭動着她肥胖的下肢，試圖在狹窄的圓枱空間裡逼入窗台邊。當她行近弟弟的坐位前，大衛並沒有望她一眼，仍然伏在窗口。突然有個企枱走到來，連問一聲也沒有，就將大衛坐向的冷氣出風口轉向上，咀裡還不斷說：

"這麼大的人坐在吹風處，什麼冷風都被你擋住了，如果怕熱就到外邊坐。"

姐姐正想反駁那個沒有禮貌的企枱時，大衛立即起身拿起放在椅背上的外衣拉着他姐姐走回媽媽的座位處。大衛見到他的媽媽便很不耐煩的對她說。

"媽，今天整天都做伴郎，我已經很累了。"

姐姐見到媽媽的不悅面色，立即去撫慰她的弟弟。

"大衛，來罷，這是張家庭合照相，不要令媽媽不高興。"

然後推動她 200 磅重的弟弟，走到大堂，要他站在媽媽的身後。做伴郎的大衛，站了一整天，現在還要裝着笑照相，在閃光燈不停的閃爍下，大衛感到十分之厭倦，所以當影完家人合照後，立即就想逃回到自己的坐位去。但他媽媽，一手把他拉住，問：

"你想走去那裡？"

"媽媽，這裡很悶熱，我想坐近窗口。"

大衛不耐煩的回答媽媽。

"NO，你跟我來，"

媽媽不理會他的反應，拖着大衛，走到近柱邊的圓枱，待他坐下後，就離開返回主家席。對大衛來説，他並不喜歡中國式的飲宴安排，真正來説，完全是沒有安排坐位的，客人只要見到有空位就坐下去，不管這幾個客人你是認識還是不認識，同枱的是男家或是女家的親人。大衛記得上一次參加他表叔的婚禮時，使他感覺得很不舒服，因為表叔從中國娶了一個比他年輕廿歲的女人，而當晚來參加婚宴的嘉賓，大部分都是他不認識的(女家)親戚，他們用他聽不懂的地方話，大大聲地交談。

他唯有低下頭，吃着一碟碟不知名的餸菜。

————————

大衛坐下不久，見到他姐姐帶來了一個年紀跟他媽媽差不多大的女人和一個穿着很土氣的年輕女子來到。那個中年女人見到大衛，不停的笑。這時姐姐先開口説：

"大衛，還記不記得黃太太，以前我們住在 1014 東百福大道時，她們是住在我們附近的。"

説過後，跟着拉站在她旁邊的少女走近大衛的身邊。

"記得嗎？這是黃太太的女兒，美琪，"

站在一旁的黃太立即插咀説：

"你們幼時，時常一起玩的，記得嗎？"-

大衛知道是什麼回事，尷尬的回答説：

"記得，你們就是住在 1018 的黃太太。"

黃太太聽後，十分興奮地開始介紹她的女兒。

"美琪剛剛大學畢業，她很喜歡車衣，所以她選讀了時裝設計，雖然現在還未找到工作，但紐約幾間大的時裝公司都約見過她。"

大衛聽到後，心裡立即笑出來， 站在他前面的是一個學習時裝的設計師，可笑的是她竟然不懂得如何去配着衣服。 一條素色的直身長裙， 穿在她瘦小的身軀上， 肩膊上橫背着一個小手袋， 加上她還未發育的身體， 十足似一個剛下課的初中小女生。黃太太輕拍她女兒的背，笑着說：

"美琪， 我估你還認得大衛，妳細時很喜歡同這個肥仔哥哥玩的，記得嗎？"

她見各人都望着她時， 紅着臉地點頭。大衛見到她輕輕托起垂下的眼鏡， 一對小眼睛， 配一副大眼鏡， 小而低的鼻樑總是不能將眼鏡堅穩地掛在鼻樑上。幸好，這時入席的鐘聲響起， 各人都開始入座，大衛想跟着他姐姐離開，但被她按着坐在原位上。在席中， 黃太太不停的引導兩個年青人說話.

"美琪， 告訴肥仔哥哥，哈， 對不起， 應該叫大衛哥哥. 這條裙是妳自己設計和親手做的."

但小女生並沒有回應她的媽媽， 只顧着吃， 她想用筷子將鴿鬆夾在西生菜內 ， 但伴菜和鴿肉從生菜葉的兩旁漏了出來，大衞看見時，立即拿起在桌上的空碟放近她，讓漏出來的菜跌到碟上．黃太太見到大衞那樣細心的對她女兒，臉上表現出很開心的樣子，而在此時，待應放了一碟剛蒸好的鮮魚在枱上．

"大衞，美琪很喜歡吃這種魚，特別是魚腮那部份．"

黃太太一邊說，一邊見大衞拿起公眾用的銀匙將魚頭二面腮的肉拿起來，笑眯眯的望着他．

"Me too，我也很喜歡吃魚腮肉．"

大衞老實不客氣的將那銀匙裡的肉倒入自己的碗裡，然後一口的將它吃光，使到黃太太氣憤的望着他．

最後，宴會總算完結，與新人夫婦握別後，大衞走去取車，外面清新的空氣，使他精神起來。在行車期間，她的姐姐不斷問他與美琪的事。

"蓮達，如果想我快樂請妳不要再問。"

那時，他的媽媽從後座位伸頭來問:

"什麼意思，你不喜歡她嗎？再說，我自小看着她成長，她又乖巧，又有禮貌，我很喜歡她。"

大衞沒有回答媽媽的問題，祇是同坐在他旁邊的姐夫談笑。

"你知嗎？如果你想知道你老婆，老了後會變成什麼樣子。"

他姐夫不明的問他。

大衛側着頭細聲的對他說：

"在娶她之前，最好是先看一看你的外母大人。"

兩人哈哈大笑起來。她姐姐在後座伸手來打他們兩個。當大家大笑時，大衛的手機響起，他想從衣袋裡拿出來，誰知被蓮達一手搶走。

"你專心地開車，不能分心來聽電話。"

說完後她打開「來電顯示」看：

"是你表哥阿標打來的。"

"告訴他，我到家時會回他電話。"

大衛對她姐姐說。但那時，電話鈴聲已関了。當汽車停在紅燈時，大衛的手機又再響起來，他立即接聽。

"唏，肥仔，有沒有興趣和我們去扒獨木舟"

打來真的是他表哥阿標。

"有，幾時？"

標說：

"明天，如果真的可以，那就好了，那麼明天 9 時在唐人街的基督教教會見面，喂，記得駛你部七人車來。"

"OK，無問題，明天見。"

當他說完之後，交通燈，亦由紅燈轉為綠燈。蓮達很不滿的問：

"是否阿標又要你做司機？他這個人真是，錢又賺得比你多，而且每次出遊都是要我們出車，還要你來做司機。"

大衞笑着回答：

"無所謂啦， 反正我們的七人車都是空置在車房內。"

蓮達還是不服氣， 覺得她的弟弟又被他表哥阿標欺負， 正當想再說時，她的丈夫立即說：

"大衞都已三十歲了， 不要再把他當小孩子般對待， 讓他自己來決定罷."

大衞聽到他姐夫說完後， 伸出手給他：

"Give me a five."

擊掌後兩個男人哈哈的笑起來， 蓮達氣得不停地用腳踢前座位. 他們開朗的笑聲， 擊碎了街道的寧靜。

第二輯
Chapter 2

大衛準時駕駛着他的七人車停在唐人街的基督教教會前，炎熱的天氣，他選擇坐在車廂內享受着冷氣。

等了大概 10 分鐘，他的表哥標和太太首先來到，等了不久另一對夫婦亦相繼出現。大衛以為人齊可以出發，但標的太太仙蒂說：

　　"請等等，我還約了兩個朋友來。"

　　大衛將停在前駛的手排檔換回轉到停泊的位置上。差不多等了半句鐘，他見到有兩個女生，向着他們的七人車奔來。由於她們手上拿着一袋袋的東西，所以跑起來顯得很狼狽。坐在大衛後座位的標，拍拍他的表弟，說：

　　"見到女孩子拿着這麼多東西跑，你還不下去幫忙。"大衛隨即解下繫在他肥肚上的安全帶，頂着烈日出去幫那兩個女孩將東西放入車廂內。當大家坐定，大衛準備啓動時，標的太太仙蒂拍了兩下掌，說：

　　"在開車前，我想介紹這兩位朋友，這位是珍妮，我們通常祇叫她-珍"她指指坐在大衛旁邊客座位的女生。

　　"而坐在我身邊的小妹妹叫琪琪，是珍的表妹。"

　　之後，她反過來向她們介紹。

　　"OK，珍妮，琪琪. 妳們昨晚己認識波比這對夫婦，所以不用跟妳們介紹，現介紹的是這位駕駛者，他是阿標的表弟，大衛，他很友善，和藹，所以大家不要欺負他。"說完之後，大家哈哈的笑起來。

一輪嘻笑後，大衛開始將車駛向高速公路，蔚藍色的天空，襯着灰色的公路，看起來令人十分舒服，加上今天坐在大衛旁邊的是一個美女。所以就算是車廂內的人全睡着，他亦不感到孤獨。

　　"看起來所有人都很疲倦。；"

　　大衛開始他的對話。

　　"是，可能是他們昨晚玩得很晚才歸家。"

　　珍見他們在美國土生的都慣常用英文對話，於是她亦輕聲的用英文回答大衛。

　　"昨晚酒席完後，我們還去酒吧飲酒，在 12 點我們先離去，我猜他們大概是在 2 點左右才走。"

　　珍見大衛望着她，以為自己的英語水平不能令大衛明白，所以慢慢再解釋多一次。大衛見她慢慢說，必定是以為他不明白，於是用廣東話跟她說：

　　"妳可以跟我講中文，因為我自小就用中文跟媽媽溝通。"

　　大衛說完後，只見珍露出一個不知所措的樣子，跟着，她用英文回答他：

　　"對不起，我知你想用中文跟我說，但是我聽不懂你們說的廣東話。我估，我們還是用英文交談會更方便，你認爲如何？不過，我的英語水平很低，希望你能原諒。"

　　大衛立即回答說：

"無關係，我可以慢慢的跟你說話。"

他再望向她說：

"其實妳的英文亦不錯。"

珍銀鈴般的聲音是如此溫柔，動聽，令大衛很自然的望着她，差點忘記了自己正駕駛着，珍見到大衛呆呆的望着她，有禮貌地對他一笑，然後指着前路，提醒他小心駕駛. 大衛察覺到她笑時，眼睛如新月微彎，豐厚而高的鼻，放在鵝蛋臉上，恰巧得很. 加上 嫩白的皮膚，明顯不似是廣東人。

大衛繼續問她：

"妳是中國那地方的人？"

珍笑着回答：

"我是東北人，老家是在哈爾濱市。嘻，可能你不知道哈爾濱在那裡"

珍見他祇是在微笑。

大衛說：

"我生在美國，祇同我父母返過一次廣東，而畢業後，同姐姐去過上海遊玩，但我對上海的印象平平，沒有什麼好感。"

珍改變話題，問大衛：

"你肚餓嗎？"

大衛點頭說：

"有些餓"

珍隨即説：

"那就好了，這裡有鹵水豬耳朵， 這是我昨日參加婚宴後回到家時弄的， 時間忽忽， 可能味道不夠好。"

說完後， 她從帶來的冰箱裡拿出一個小膠盒， 小膠盒內裡載着一片片棕黑色的食物。大衛平日什麼都吃，祇是最不喜歡吃的就是動物內臟， 或它們的手手，腳腳。珍見他沒有動手來拿， 以為他是專心駕駛， 於是， 主動地拿了一片放在大衛的咀邊。大衛不知如何是好， 唯有尷尬的張開口咬了一下， 他一邊咬， 一邊告訴自己那片是豬肉乾，是一片平日他喜歡吃的豬肉乾。誰知當他咬下去時， 感覺到豬耳朵和豬肉乾是兩種不同的口味， 豬耳朵的爽脆， 很有咬感， 加上煮時廚師放的辣味，更刺激起大衛的食慾來。

珍問：

"好不好吃？我昨天才準備好。"

"好"

大衛竪起姆指，由衷的讚美她。

珍説：

"那就好了， 不枉我做了一個晚上。"

"你昨晚不是跟他們去酒吧飲酒？那有時間做呢？"

珍説：

"我祇是陪他們去，十二點左右我已經走了，回到家後就動手做。"

大衛微笑着説：

"我明白。"

説完後大衛繼續駕駛，但珍見到他咀角微笑着，於是問他：

"你想到什麼，令你感到如此開心呢？"

大衛指指後座的幾個人，除了琪琪在看書外，各人都睡着。

"我終於明白，我的表弟在職場上能夠如此成功，是因為他善於安排。"

珍不明白他的意思。

大衛繼續説：

"就像昨晚，他沒有叫我去酒吧飲酒，因為他想我有足夠的睡眠，今天能做他的司機，而昨晚要妳早走，為的是想妳有時間準備好今次行程的糧食。哈哈，最利害的是，他祇和他的地產朋友通一次電話，就可以借間渡假屋給我們玩了。"

説完後，兩人哈哈的笑起來，突然大衛感覺到有對腳從後座伸出來，他一手將他表哥的腳推走。

大衛好奇的問珍。

"妳來了美國多久？"

"我來了美國快 4 年了，現在與我丈夫住在明湖城。"

頓時間，大衛心裡浮出一種失望的感覺。不過這個感覺很快就消失了。突然，後座有人將窗打開，一陣熱氣，加上高速的風，將各人都吹醒。珍與大衛同時轉頭看，看看是誰開這個玩笑。他們見到琪琪的頭伏在落下的車窗上。珍立即用她的村話喝止她的表妹，大家雖然聽不懂，但亦明白到意思。琪琪很不願意地將落下的車窗關上. 仙蒂見琪琪不高興的表情，立即去安慰她。

　　"無關係，我們都不喜歡車廂內太多冷氣。"

　　隨手，將琪琪關上的車窗，降低回一寸左右。大衛在後鏡望琪琪，見到她依然用不滿的眼神望着坐在她前面的表姐。可能是她不滿珍在別人面前，用這麼重的語氣和她説話。

第三輯
Chapter 3

在德州，祇在西北部才見到高昂的山，其他地區都是小山丘，一個個低伏在廣濶的平原上。座座的農莊裡，牛羊半隱在草叢裡吃草，偶爾有一，二匹馬在草原上互相追逐嬉戲。這種西部風情的景色，在中國東北長大的珍是從未見過的。當汽車駛進加油站停下後，大衛在一座自助入油處拿出信用卡插入，然後拿出注油管開始在油箱注油。各人仍然在睡，但是珍忍不住就跳了下車，看見如斯浪漫的景象，使她高興得跳起舞來.

　　大衛一邊手按着注油管，一邊欣賞着她跳舞。她五尺三，四寸的身型並不算高，但纖瘦的身型，看起來並不覺得她長得矮。加上今天她穿了一件露肩的藍，白橫界水手上衣和一條白色的熱褲，貼身的短褲更顯出她有一對修長的雙腿。大衛從加油站處，遠遠聽到珍在說：

　　"這裡太美，太迷人了。"

　　突然珍見到一隻棕色的小馬在油站與農莊一鐵網之隔的草地上吃草，她立即跑過去，可能那匹小馬見慣了人類，所以沒有逃跑離開，繼續在吃草。珍正想跨過一堆黑色的土堆，走近去觸摸那隻小馬時，大衛在遠處見到，立即叫停她。

　　"小心，不要再行近。"

　　珍以為大衛怕那隻小馬會傷害她，所以祇是對正跑來的大衛一笑，然後再繼續向前踏上那黑色的土堆。

　　"呀!"，

珍突然發出一陣慘屬的叫聲，這響亮的叫聲，將車上睡着的人全叫醒，而那隻棕色小馬亦被嚇得急步走回媽媽處。大衛來到時，見到一隻隻紅色的火蟻，密麻麻的佈在珍的腿上。大衛立即扶她到油站的水喉，用曬得熱熱的水，將爬在她小腿上的火蟻冲走。珍一臉驚訝的表情，不斷地用手去抓被火蟻咬得癢癢的小腿。

　　這時全車的人都出來，了解究竟發生了什麼事。琪琪知道後現出一副莫不關心的樣子，反而，同來的波比夫婦，知道後，立即走入油站，買了一袋冰塊。他太太拿出幾塊冰，不停地在珍的小腿處上下的擦，珍感覺到不好意思，於是自己在冰袋內拿出冰塊來自已動手擦，果然擦過幾分鐘後再沒有剛才的痕癢感覺。當大家登上了車後，珍還是不停的用手抓，大衛忙着勸她：

　　"再抓的話，妳的腿將會變成花班腿了。"

　　珍聽後，立即停了下來，但心裡還是不安，於是問大衛：

　　"我從前在中國都給螞蟻咬過，但是，從來沒有這麼嚴重，你知嗎？當我發現被咬時，痛楚中還有一種灼熱的感覺。"

　　大衛望她的腿一眼，然後説：

　　"這種螞蟻是由南美洲溜進來到美國，它們有強硬的齒，被咬傷後，傷口附近會有極強烈的灼熱痛癢的感覺，所以大家都叫它們做火蟻。如果體質過敏者，或有暈眩昏迷的現象而須送醫急救，但我見妳祇是有些小紅腫並沒有不適，所以，如果經過任何藥房時，替妳買些消毒藥膏來搽，定必會無事。"

珍聽後心情如釋重負。果然，搽過大衛替她買回來的消毒藥膏後，珍已不再覺得痕癢。

————

汽車離開加油站後，經過一個多小時的車程，終於到達山腰上的小木屋，這間外觀平平的度假屋，門外沒有任何裝置。祇有一張長木椅，可能沒有人照料，旁邊的植物，大部分都已枯乾。

大夥兒隨着標進入那間小屋，在千尺的屋裡有四個房間，兩間在樓下，另外兩間在樓上。可能主人平常祇作為渡假之用，所以屋內祇有一些簡單的傢具。

入到小木屋後，仙蒂很熟習地去將調得高高的空調，從 90 度轉入 72 度，不消一刻，冷氣慢慢將屋內的熱氣驅走。之後她將披在沙發，和枱面上的白布全拿走。

其他的人亦陸續將車廂內的物品放進到屋裡。

祇有標，坐在廳角的沙發上，打開電視，看今天華爾街的股票行情。負責食物的琪琪和珍，兩人合力將帶來的食物放進廚房的雪櫃內。在中型的廚房內兩旁是油上了柚木色的廚櫃，但櫃內祇有幾隻杯，幾隻碟，和一些刀叉。幸好標來之前已通知了珍，要她準備好他們的食具。

　　在廚房內左右兩邊角都有一個小窗，琪琪拉開掩上的窗簾， 午後的陽光穿過小窗把整個廚房都照得光亮起來。當珍忙於安置雪櫃內的食物時，琪琪卻溜向窗邊，看看窗外的景物。突然她好像發現新大陸一樣，很興奮的招手叫珍過來：

　　"表姐，過來看看。"

　　珍來到窗前，琪琪由於高她三，四寸，所以望出窗邊當然無問題，但珍卻要蹬着腳才看到。

　　"嘩！很美啦。" 兩人不其然的叫出來。當她們正在在廚房的窗口看時，突然覺得有人在背後拍她們，轉頭一看原來是仙蒂，她笑着的帶珍兩表姐妹從廚房的橫門走出去，橫門外邊是一個十呎長四呎寬的小型陽臺。雖然陽臺上有一條五呎高的圍欄，但珍仍是不敢行近，因為那陽臺下面是一個懸崖。珍突然覺得有人在背後輕輕推她，她大叫，手立即拿緊圍欄上的扶手。

　　"對不起，我祇是跟妳開玩笑，誰知妳會有此強烈反應，"

說話的是大衛，他不安的向珍道歉。珍輕輕打了他兩下，然後笑着說：

　　"無關係，但請你下次不要再開這種玩笑，因為我有畏高症。"

　　反觀琪琪，她很安然的伏在圍欄上，欣賞着懸崖下的小河。 河上正有班年輕的美國人，有些扒着獨木舟，有幾個坐在圓型充滿氣的車胎內胆裡，一邊浮游，一邊飲啤酒，至於有孩子的，一家人坐在橡皮救生艇內，艇內肥胖的爸不停地指揮着他們的孩子如何駛直正在水中漩轉的艇。大衛見珍仍有餘怯， 於是將她帶回大廳。原來大廳與陽台， 只是用一塊落地玻璃門來分隔。駕駛了幾小時車程的大衛， 坐在那張老爺椅上， 不消二分鐘就睡着了。不知睡了多久，突然， 大衛的手觸摸到冰凍的水而醒過來。他張開眼時， 見到圍着他的人在笑。

　　標笑着問：

　　"肥仔，又發夢吃東西？"

　　大衛尷尬的點頭， 再看一看， 原來剛才他的手跌落在冰桶裡， 他知道一定是標做的惡作劇。大衛環顧周邊，見到他們全在廳裏， 而標和他太太咀裡還各咬着牙簽，氣得大衛從寬大的老爺椅跳起來。

　　"你們太過份了， 我開了一整天車， 載你們來到這裏，你們怎能在吃晚餐的時候沒有把我叫醒。"

這時大家都大笑起來，連一直沒有出聲的琪琪亦與他們一起笑。不知道在什麼時候，大衛發現珍站在他身邊，她笑的聲音雖然是不大，但大衛覺得她是笑得最甜美的一個。珍見到大衛定定的望着她時，便停止再笑了. 而這個時候，標示意圍着的人散開。大家散開後，大衛見到在大廳的餐桌上放滿了各式各樣未煮的菜和肉，滿懷怒氣的大衛，臉部表情立即鬆弛下來，而且還瞇着小眼睛笑着説：

"我猜今晚大家一定是吃火鍋，哈，難怪我沒有嗅到做菜時的香味。"

標過來拍拍他的肥肚。

"不要多説，快點過來吃吧!"

於是大家就行去餐桌，拿起筷子，將自己喜歡吃的，放入熱騰騰的湯內。晚餐終於完結了，標吃得最快，離開座位後，他走到後院外抽煙，漆黑的星空，平白添多了一粒小紅點，小紅點隨着他的吸吐，在黑夜中忽亮忽暗。而大衛是最後一個仍然在吃的，但他見珍與琪琪兩人正忙着收拾桌面上的碗碟時，他不好意思再繼續吃下去。

"有沒有人有興趣玩啤牌。"

標抽完煙後，回到大廳，他從櫃子內找出一副啤牌，同來的朋友波比第一個反對。

"我們怎敢與你這個華爾街神童玩牌，每次玩，你都是贏家，不如乾 脆直接送錢給你就算了。"

25

大家哈哈的笑起來。 標見大家不感興趣，於是打算將那副啤牌收回櫃內， 這時琪琪行過來問標：

"可否讓我玩啤牌占卜呢？"

標很高興的將那副啤牌再次從櫃內拿出來。

其實大家都不大相信這個廿多歲的小女孩真的有能量用啤牌來替人占卜，所以當她要求一個自願者來跟她玩時，各人都拒絕。站在大衛旁的珍， 輕輕的拍了他的手背， 示意他去試玩。

"No，我不相信這種玩意。"

他嘗試用藉口推卻， 但當他的目光與珍接觸時， 他不期然的坐到枱上。琪琪見到大衛坐了下來後， 就將拿着的啤牌放在他的面前， 然後用手一拉，52 隻牌，整齊的全部列開。

"雖然今天沒有塔羅牌， 但我可以用這個來占卜，請隨便拿出三張牌吧。"

大衛在琪琪的命令口吻下， 拿出了三張牌。

"這裡有三張牌，即你可以問三個問題， 通常大家都會問， 婚姻， 健康， 或者是 金錢等。那你想先問什麼？"

大衛傻笑着説：

"I don't know ，我祇是來玩玩。"

琪琪忍不住的再次問他。

"那你隨便開始説一個吧。"

大衛覺得有人推了他的椅子一下，回頭看， 原來是珍。

珍立即向他道歉。

"對不起。"

"無問題。"

這時站在他對面的標大聲的笑着說：

"問婚姻吧！好讓我有答覆給姨媽。"

大衛不好意思的答：

"其實我想問，我日後會有多少錢。"

標聽到後，立即插口說：

"大衛表弟，你爸爸過世時已經留下了一大筆錢給你們兩姐弟，單是唐人街已有不小物業都是你家的。"

大衛答：

"標，我夢想的是在紐約時代廣場買一個公寓，每年除夕夜，可以站在露臺前看那水晶球升起，不用與來看倒數的群眾一起迫。"

大家哈哈大笑時，琪琪將第一隻牌打開，是一隻鑽石 2，跟着她又問：

"第一個是事業，那第二隻妳想知道什麼？"

標與仙蒂替他說：

"婚姻。"

"OK。"

琪琪不待大衛同意就將第二隻牌攤開，這一隻又是 2，是一隻紅心 2。標見到後立即拍手，說：

"這個我識，紅心通常都是代表着愛情與婚姻。是上籤，對嗎？"

琪琪沒有答他，祇望着大衛，大衛説:

"我想第三隻牌來問健康。"

琪琪將最後的一張牌打開，是一隻梅花皇后牌。

"第一張牌你是問財富，第二張問婚姻，而第三隻牌是問有關健康，對嗎？"

這時面對着大衛的，好像是一個戴着頭巾，穿着紅色闊裙的吉卜賽女郎。琪琪見大衛無奈地點頭，即現出一副很認真的表情對他説。

"鑽石，是代表了財富與事業，"

"但，二是最小的一隻。"

標有點懷疑的問。

琪琪冷靜的答覆他。

"二並非是最小的，有時它會变成最大，就如你們廣東人玩那些叫什麼，對，是鋤大弟。那隻二比 Ace 和皇帝還要高。"

回答完後，隨即轉頭問大衛：

"你是否仍然有哥哥或姐姐。？"

"是的，我還有一個姐姐。"

"對了，你雖然是小的一個，但你的權力比她還大。"

標同意她的説法：

"妳說得對，雖然他是弟弟， 但如果有日他媽媽離開時， 家中的財物全部會是他的。"

大衛用力拍他的表哥：

"喂， 你又如何會知呢？"

標望着他說：

"那是上次姨媽來我家時， 我聽到她同我媽媽說的。"

大衛不想再和他爭議，轉口問琪琪，第二張牌是什麼意思。

"紅心是代表愛情，朋友或家庭。今次你問的婚姻，而這裡是張紅心 2，意思是你有第二段婚姻。"

當她說完， 各人都大笑， 特別是標， 他的笑聲是最大。

大衛很奇怪的問琪琪：

"你是否和我開玩笑，我現在連一個女朋友都沒有，何來有第二段婚姻呢？"

琪琪立即回答說：

"我並非指你本人， 可能會是你未來的妻子是曾經結過婚的。"

大衛點頭說：

"這樣說法亦合理。那張最後的牌是什麼意思？"

大衛好像已經開始對這個玩意產生了興趣。

琪琪好整以下的將最後那隻梅花皇后卡放好。

"你的健康並不十分好，幸好你身邊有一個女姓在你身體出現問題時，她會在你左右。"

仙蒂聽了後補充説:

"是的，他小時侯，每次生病，他媽媽總會從餐館立即跑回家去看他."

之後，琪琪將那副牌放回紙盒内.

"你會相信她嗎？"

從身後傳來的體香，大衛知道這是珍對他的問話，他站起來，轉身對她説：

"這不過是個遊戲，我當然不會信啦！"

———————

各人亦開始走回房間，準備明天一早出發。廳中祇有大衛一人，由於他曾有一個午睡，所以變得很精神。他拿起電視機的搖控，獨自觀看體育台的球賽。今晚正轉播着捧球賽，是他喜歡的候斯頓太空人對紐約洋基。開始時，洋基隊以 2 比 0 領先，但到了第五節，太空人憑着主場之利，一個全壘打追回一分，大衛開心的叫起來。在這時，他見到珍從自己的房間行出來。

"對不起，是否電視聲音太大把你嘈醒。"

珍微笑的答：

"不關電視聲音的事，而是我習慣了晚睡，"
她見到大衛正觀賞着球賽，就對他說：

"我雖然來到美國幾年，但是仍然不懂得觀賞捧球賽。"

大衛變得很有耐心的對她講解球例和如何得分。
當珍明瞭後，開始投入比賽的過程裡。

當太空人隊在第九節追平洋基隊時，兩人開心的擁起來，雖然只是一刻，但卻令大衛整晚都在回味。球賽結束後，他們仍然在廳裏談話。

大衛問：

"琪琪呢？"

"噢，她睡得好像隻小豬。"

大衛聽到後覺得很有趣。

珍繼續問：

"你會否相信她替你占卜的結果？"

大衛鬆鬆他的肩膀， 臉上仍然是那半信半疑的表情。

"我祇是覺得她的占卜的結果還有些道理，因為，今天我們才認識但她好像已知道我很多東西一樣。"

珍嘗試改變話題， 跟着問：

"那你覺得我表妹又如何呢？"

大衛摸着頭笑着回答：

"在我眼中， 她始終是一個小女孩，而且我覺得她憂鬱的表情， 使我感到她有點兒自閉。"

珍亦同意他的説法。

"其實， 來美國之前，我和她都不是那麼熟， 祇記得，每逢大節日， 她媽媽才帶她來我家玩， 每一次她都是獨自一人坐在一角， 玩我家的玩具， 並不參與我和其他的表弟妹玩的遊戲。"

大衛好奇的問：

"她還有沒有其他兄弟姊妹？"

珍不假思索的答覆他：

"沒有。"

珍再想想， 然後説：

"我記得， 她的媽媽有一個要好的工友，而且還有一個小琪琪差不多三年的女兒， 但很不幸， 幾年後那工友因病去世， 而自從那工友死了後， 那小女孩就開始跟着她們一起住。"

大衛問：

"那麼， 琪琪就跟了妳來了美國。"

珍説：

"不， 是我先來這裡，後來， 琪琪父母亦相繼離逝後，她拿着父母留下的錢，過來讀書。"

大衛説：

"她父母一定是留下了一大筆錢給她讀書？"

珍説：

"No，那些錢不多，不過她讀書成績很好，美國的大學有獎學金給她，平日的花費都夠她用。"

大衛説：

"我覺得妳待她都不錯。"

珍聽到大衛讚美她，開心的笑起來。

"對，我待她如我妹妹一樣。"

大衛見她笑，他亦笑：

"我相信妳是一個稱職的好姐姐。"

珍再次現出她迷人的微笑對大衛説：

"Thank you。"

第四輯
Chapter 4

"起來，起來，大家都起來。"

一早，仙蒂就去各房間拍門，她一邊拍門，一邊叫着他們的名。

"肥仔，還要睡？快點起來，我們要早一點去到租艇場。"

大衛從暖暖的被窩裏爬出來，他望望掛在牆上的鐘。

"Damn it，早上七時還未到呢？"

大衛還記得昨晚與珍談話到深夜才去睡。他拖着疲累的身軀，進入浴室內，在狹窄的浴缸上，他慢慢的扭開暖水掣，和暖的水溫，令他醒過來，但是睡魔沒有放過他，仍與他在花灑下博鬥。無論大衛如何努力，他還是被那睡魔佔服，睡魔在他站不住腳時，推他的頭撞向花灑的膠喉處，幸好是膠喉，否則定必使他撞傷，雖然如此，大衛始終都感到有點兒痛。

大衛狠心地將調冷熱的水掣推向藍色的一邊。早晨的山水如冰一樣的凍，一粒粒從花灑的小孔裡飛出來，每一粒飛出來的水花，就如皮鞭一樣抽打着大衛的身體，使他不期然地大叫起來。他大叫的聲音，令到坐在外面的人，以為發生了什麼大事，飛跑過來拍門

"大衛，are you all right？"

不到半分鐘，大衛斯斯然的從浴室內走出來，仙蒂見到他紅紅的皮膚，就說：

"你一定是開大熱水，而被那些熱水灼痛了皮膚。"

她問完後，伸頭進去望望浴室，以為會是彌漫着濃濃水氣的浴室，裡面竟然祇有小小的煙霧在鏡子上。她再去看那水掣，妨然大悟，於是大聲的叫：

"肥仔，你又玩自虐。"

標在外面聽到後，哈哈的大笑起來。標和大衛，自小就一起玩，所以他知道，在大衛讀書時，每逢早上不肯起床，他媽媽就拉他入浴室，然後迫他開凍水洗澡，使他快點清醒過來。慢慢，大衛亦都習慣了，他還自諷說："這是一種自虐遊戲。"

———————

在行車途中，珍仍是與大衛同坐在前面。

"今天的天氣很好。"

珍剛說完，大衛就問她：

"妳有沒有帶太陽膏？"

珍想了一想，再翻看手袋，問：

"有沒有太陽膏重要嗎？"

大衛解釋説:

"雖然今天我們是早去, 但當玩完後去到接收站時, 太陽會變得很利害, 這時陽光很易灼壞皮膚的。"

珍一邊聽他説, 一邊找, 最後她高興的從手袋裡找出她的太陽膏來。

"哈!找到了。"

其實, 平常習慣了化粧的珍, 豈會不知道, 皮膚受到陽光傷害會是何等的嚴重。但她仍然是感謝大衛的關懷。

———————

來到租艇的地方, 標和波比夫婦很熟練的租了兩隻輕巧的獨木舟, 之後, 再沒有理會大衛三人,就先扒入小河裡。因為珍與琪琪從未玩過激流, 所以大衛租了一艘橡皮艇。橡皮艇外表看起來很笨重, 但周邊的充氣管, 令人感到很安全。

琪琪看見大衛扶珍上艇後, 她亦跳下橡皮艇, 由於她跳下時衝力太大, 令到浮在河上的艇左右搖擺, 搖擺時激起的浪花打到珍的臉部, 和身上, 使她激怒起來, 不停的用村話罵她的表妹。

大衛嘗試緩和他們， 但珍一直都沒有望他， 直到艇流到一處水平如鏡的灣角時， 珍伸頭看看自己在水裡的反影樣子後， 才滿意地回頭對坐在後排的大衛微笑。

琪琪見到， 很不滿意地說：

　　"一起快點扒吧！否則日落時才去到最後的接收站。"

珍聽後， 很不服氣地反駁她。

　　"如果妳不是那麼魯莽， 弄到我半身都濕透， 我怎會如此尷尬。"

　　琪琪聽她說完， 感覺對方做錯了， 還怪自己， 她狠狠地放下手上的槳， 說：

　　"我們是來玩激流， 不是來參加宴會， 弄濕身體是在所難免的。"

　　大衛見到她們火辣的語氣， 立即說：

　　"不要再吵，你們聽到嗎？前面是個急流。"

　　她們立即靜下來， 而艇隨着水流向前衝， 隆隆的水聲， 越接近時， 聲音越響。琪琪和珍緊張的坐在艇中央，兩手緊握着艇邊的繩子。大衛正努力的試圖將艇弄直線衝下去。但水流實在太湍急了， 當艇碰到一塊巨石後， 橡皮艇開始橫擺，遇上湧來的流水， 艇開始在激流中不停的打轉。轉出激流後， 他們的艇亦開始慢衝下來， 當停止再衝時， 他們發覺三人已坐在浸了水的艇內，狼狽的樣子， 大家互望時， 不期然， 笑起來。

經過幾個急流後，大家都已經玩得很累了，還有一個更刺激的激流點他們都決定不再去，選擇在最近的一個充滿亂石的接收站上岸。

在站內的職員見他們的艇流近，立即跑了出來替他們捉緊還在漂浮着的艇。

大衛小心翼翼的拖着珍上岸，而一向獨立的琪琪，自己張開大步跨了上岸。可能她太大意，一不小心的踏上了一塊長滿了菁苔的大石而踭倒。流着血的膝蓋，只不過是皮外傷，但踭傷的腳踝，卻立即腫了起來。

她還倔強的意圖想爬起來，繼續再行。大衛見到，立即走過去，一小小步地扶她，行向站內的椅子去。大衛從他的背包裡拿出些藥水替她清洗傷口，然後替她貼上了止血貼。但當他接觸到琪琪腫痛的腳踝時，她終於忍不住哭了起來。嚇得站在一旁的珍，立即走過去抱着她，琪琪伏在珍的肩膀上不斷地哭。這時，標與仙蒂及他的二個朋友亦來到。

波比半跪着把琪琪的鞋襪脫出來檢查。他細心的用左手握着琪琪的小腿，然後右手輕輕的左右，上下轉動，他一邊轉，一邊望着琪琪的面。之後，他對他太太説了幾句話後就替琪琪穿回襪子，鞋卻放在一旁。珍忍不住問他琪琪的情況。

衹見他笑着回答：

"不用擔心，衹是扭傷一點而己，並没有傷及骨骼，只要休息一二天就可以。"

珍聽完後才安心，大衛在旁邊安慰她。

"當我聽到他吩咐他太太去停止工作人員打電話叫救護車時，我知道琪琪應該無事了。"

珍説：

"唉！她無事我就安心了，唏，其實波比是不是醫生？"

大衛聽到後立即笑了起來。

"不，他都是跟我一樣做電腦的，不過，他們每年冬天都會去丹佛滑雪，這種情況他遇到不小，所以憑着經驗就知道病情的嚴重與否。"

大衛繼續説：

"我告訴妳，在美國如果是醫生，他們不管傷者的病情是否嚴重，都會提議你去一趟醫院檢查。這是他們的職業習慣，因為假如他們的疏忽判斷而引起了問題，他們會很麻煩。"

珍聽後點頭説：

"對， 有時我都覺得美國人太緊張， 無論大小事情， 都要跑一趟醫院才安心。這種情況在中國， 找個跌打大夫， 貼幾服藥， 第二天已經可以去跳舞了。"

　　大衛聽後， 哈哈的笑起來。可憐的琪琪， 獨自坐在一旁， 聽到他們兩個嬉哈大笑時， 更覺得自己淒涼。

────────

　　回到小屋後， 波比耐心地替琪琪按摩， 之後用布帶將她的腳踝紮好。

　　波比一邊包紮一邊問：

　　"覺得如何？"

　　琪琪笑着回答：

　　"比今早好得多， 那我要不要用拐扶？"

　　波比笑着説：

　　"不用， 你這個不過是個小傷， 休息兩天就可以， 不過還是要慢慢行。"

　　"明白， 謝謝你， 波比醫生。"

　　波比和他太太祇有笑， 沒有回答她。珍對琪琪説：

　　"妳好好的休息吧， 今晚的晚餐， 我可以應付的。"

　　琪琪帶有歉意的説：

42

"表姐，麻煩妳。"

珍拍了她一下，就走進廚房裡準備。大衛想入廚房幫手，但仙蒂與她的女友已經在裡面開始了。仙蒂見大衛呆立在廚房門口，便半開玩笑的問大衛：

"你知嗎？我一直以來都有留意你，大衛，你好像對某人十分緊張，是否對她有意呢？"

大衛突然感覺心跳加速，標見他面色變紅時，哈哈的笑着說：

"哈！太好了，待我回到候斯頓時，告訴姨媽，她快會有一個扁鼻子，小眼睛的青蛙媳婦。"

仙蒂聽到後，一邊笑，一邊打她的丈夫，說：

"大衛，不要理他，你知嗎？我們中國人有句說話，是娶妻求淑女，其實琪琪真是個不錯的人選。"

大衛沒有理會他們，帶着尷尬的笑容想離開。但仙蒂沒有讓他空手離去，拿出一條枱布給他，要他將滿佈塵埃的食飯枱全抹乾淨。然後吩咐他：

"肥仔，抹完枱後進來將煮好的菜拿出去。"

"OK。"

他很快的將枱抹完，之後，就拿着枱布行入廚房，而珍見到他進來，就將剛炒好的一碟菜交給他. 大衛手上拿着的明顯是一碟回鍋肉，在如煙似霧的蒸氣遮蓋下， 他隱約見到碟裡還有幾片小紅椒， 伴在炒得青綠的捲心菜裡， 顯示出這個厨師工作起來時一點也不馬虎。

切得薄薄的肉片， 肥瘦各半， 使人垂涎，加上味道如輕煙般直攻進入大衛的鼻腔內。令到他忍着燙， 用兩隻手指拿起一塊肉放入口內試食。

"Oh, it was so good!"

他閉着眼睛吃時，不其然説出心底的話。

在飯前， 仙蒂代表大家做謝飯禱告， 當大家手牽着手， 垂下頭， 聽着仙蒂的祈禱時， 大衛偷偷的望枱面上的晚餐。 毛豆蝦仁， 回鍋肉， 炒青菜。雖然是簡單的幾道菜， 但感覺到做菜的人， 是用心的去做。在這時侯， 大衛心中想出另一番説話向神祈求。

"仁慈的天父， 我不要一個美麗的女人作為我的妻子，我祇祈求你能賜給我一個能煮美味食物的巧手太太。"

第五輯
Chapter 5

昨天在西部的山區下了一場大雨。憑着經驗，雨水將會急劇的湧入小河裡。喜愛刺激的仙蒂興高彩烈來到珍的睡房，那時波比與他的太太早已經來了看琪琪。

"妳試試用腳踏地。"

琪琪扶着床邊，慢慢地站起來。說：

"噢！還可以。"

"我相信你們學護士的亦知道有一個測量痛的程度，"波比見她點頭就繼續問：

"那由 1 至 10，你覺得你現在的痛是第幾級。"

琪琪試着慢行，然後再坐回床邊。

"我估計是 4，5 級左右。"

波比聽後說：

"那就好了。"

仙蒂在旁邊問：

"她怎麼樣？可不可以跟我們去玩激流？"

波比說：

"大致上，她腳踝的腫已消去，但我仍然不贊成她跟着我們一起去。因為如果她再次受傷，日後治療會很麻煩，對嗎？未來護士。"

　　波比笑着的拍拍坐在床邊的琪琪，她亦無奈的笑着。珍對站在她旁邊的大衛說：

"如果你昨天不是告訴我，我還以為他真的是醫生呢？"

大衛笑着回答：

"你被他專業的口吻欺騙了。"

標見波比站起來，就說：

"那我們可以走嗎？"

他見波比表示可以，就轉身問大衛。

"肥仔，你會不會跟我們一起去嗎？"

大衛沒有考慮就說：

"我將會留在這裏陪她們。"

標與仙蒂互看一下後，微笑的答：

"明白，完全明白，good luck."

兩人做了一個鬼臉，之後，標在大衛手中拿過車匙後就同波比夫婦離去。這時，珍亦從房間走出來，見到大衛還在，便問：

"我以爲你跟他們一起走了。"

大衛答：

"我不想留下你們兩個人單獨在家。"

珍報以一個溫暖的微笑，

"其實你不用陪我們，琪琪是個學護理的學生，這個她可以應付。"

大衛說：

"無閞係，反正他們都是一對對的玩。"

珍八卦的問：

"你亦可以找個女朋友來陪你。"

大衛紅着臉的回答她：

"我亦曾經嘗試約一些女孩子來，但她們都拒絕我的邀請。"

珍笑着對他說：

"或者你將你的要求降低些，這樣機會相對地會提高一點。"

大衛低着頭說：

"現代的女孩子，她們總希望找個高大，英俊的來做男朋友，我個子又矮，身軀又肥胖。"

他說完後，感覺一隻柔滑的手捉着他。珍安慰他說："大衛，你是個好男人，將來一定可以找到一個好太太的，給自己多一點信心。"

輕握一下之後，她便將手拿開。就在此時，琪琪亦從她的房間行出來，一拐一拐的走向洗手間。珍用手指指向浴室，問：

"你覺得琪琪如何？"

大衛沒有望一眼就搖頭。珍仍然沒有放棄繼續對他說：

"Come on 大衛，這樣好條件的女孩子真的是所餘無幾。"

說完之後，她見琪琪從洗手間出來，立即推了大衛一下。在耳邊對他說：

"去問一問她要不要幫忙。"

在大衛遲疑間，琪琪己走回自己的房間裡， 珍拍打了他一下，眼神中好像怨他將機會流失。

在大街上，由於有修理工程，工作人員將掘出的泥堆放在行人路邊， 堆砌在兩旁的泥土令狹窄的行人路顯得更窄，大衛，珍和琪琪三人，祇有是慢慢的單行在空出的路上。珍刻意安排琪琪先行，大衛尾隨， 而她走在後，但大衛仍然不時回頭同押尾的珍談話。行人路上還積着些許泥土，在路人不斷的踐踏下，變成了一段又濕又滑的泥路，加上琪琪的腳踝剛好，所以一段短短的路，花去他們不少時間。幸好在不遠處有一間 Tony 的餐廳，他們進了入去。餐牌上是一律的快餐，了無新意，但當大家餓時，有地方能進餐己不錯了。大家坐下後，珍拍拍大衛說：

"大衛，告訴琪琪，你第一次與標夫婦去滑雪的趣事。"

大衛尷尬的笑着：

"又不是什麼有趣的事，不要再提。"

珍仍然沒有放棄的繼續勸他說：

"哈，我在第一晚聽你說得很有趣，所以希望你能告訴琪琪。"

大衛見琪琪冷漠的面孔望着他，他不知該不該說，但珍不斷的求，他終於說：

"我第一次與他們去丹佛滑雪時，標和仙蒂還未結婚，那時他們的滑雪技術已經很好，但我是第一次玩，所以祇是踏着雪橇，一步一步行，哈，他們笑我行得像隻企鵝，"

琪琪可能想像出大衛在雪地行的模樣，再看看他的身型，不禁笑起來。這是大衛第一次面對面的見到她笑，琪琪並不會像她表姐一樣，在大笑時，用手遮掩着自己的咀巴，所以，大衛見到琪琪那排並不整齊的牙齒。他繼續說：

"為了表現我並不是如他們所想的笨拙，我很快就學曉，而為了加快速度想越過標時，我失去平衡，滾了下山，幸好，祇是一段短距離的山路，但事後，他們笑我像個大雪球般滾下來。"

珍聽後大聲的笑，琪琪反而沒有笑，冷冷的拿起抬上的餐牌看。這時，待者亦將他們要的午餐送上，珍叫了一個牛油果雞絲沙律，而琪琪的是煎三文魚伴西蘭花，大衛叫了一碟炸魚薯條。珍見到大衛碟上一條條剛炸好的薯條，禁不住地拿去幾條，她吃完一口，然後笑着說：

"噢！真好味，"

隨即拿了兩條給她的表妹，但琪琪似乎對那兩條薯條沒有興趣，冷漠的將它放回珍的碟上。大衛對她的舉動並不理會，反而關心起珍來。他拉住即將離開的待應生，說：

"麻煩你替我們多加一碟炸薯條，謝謝。"

這個簡單的行為，贏來珍的微笑，但琪琪的臉看起來並不高興。她突然將餐巾拋在檯上，然後行去廁所，大衛覺得有些驚奇，珍立即說：

"她常常都是這樣的，不要理她。"

而在洗手間的琪琪，對着玻璃鏡哭，在鏡裡，她見到一個單眼皮，小眼睛，方型的面臉，使她越是望自己，越是不喜歡鏡子內的人，她拿起用來抹眼淚的紙，襲向鏡裡的人。她計計己進入了廁所十多分鐘，但珍並沒有入來看她，琪琪唯有抹乾面上的淚水，之後離開洗手間，遠處見到他們兩人仍在嘻哈的笑着。珍見到她行過來時，還對大衛說：

"我早已說她沒有事，可能是女性的問題令她不開心而已。"

大衛還繼續說：

"你看看她行走起來比今早好得多。"

珍聽後哈哈的笑。

第六輯
Chapter 6

返回候斯頓是周二的下午，到了市區時已4點，公路上仍然是很繁忙，唐人街更是熙來攘往，大衛想找個車位亦找不到，唯有將他們放在附近的街頭。

珍和琪琪是最後下車的兩個，大衛轉身向準備下車的珍説：

"你們有沒有開車來？"

珍和琪琪都搖頭。大衛好奇的問：

"那天是誰載你們來這裡呢？"

珍指指琪琪説：

"是她的同室朋友，那一晚，我到她住的柏文睡。"

大衛明白後就招手叫他們上回車。

"讓我載妳們回家吧！"

於是珍再次進回車廂，坐上她的座位，笑着説：

"那就麻煩你了。"

大衛問：

"妳們兩個都是住在明湖城？"

珍指指坐在後座的琪琪説：

"琪琪住在近大學的柏文，不過今晚她會住在我家。"

大衛二話不説的將車開往洲際 45 往南的公路去。還有五分鐘才到 5 點，大衛的車已停在珍住的 town house 前的停車場。

"珍，要不要叫妳丈夫出來幫手搬行李？"

"不用了，我們兩個可以將行李推入屋。"

於是大衛幫忙將他們的行李箱推到門前，與她們道別後就走回自己的七人車。正當他準備啓動時，他習慣先看看兩側的鏡，才將車開出，最後再看倒後鏡一次。當他看後鏡時，發現有一個女孩不停地揮着手，並向着他的方向走來。他轉頭一看，是琪琪。她還不斷的叫:

"大衛，停車，快停車。"

從琪琪不安的表情，他心中湧起一個不祥的感覺。由於琪琪奔着來，所以氣喘得説不出話來，只是拉着大衛的手跑回 town house 去。

當他們來到門口時，見到珍，呆立着，大衛行近一看，在半閉的木門下，見到一個男人倒臥在地上。珍緊緊握着他的手臂，大衛不自覺的叫着:

"我的天，他是誰？"

平伏了的琪琪，望着那具屍體，冷冷的説:

"阿力士，珍的丈夫。"

大衛聽後，望望珍，但珍已經嚇得不停地震。

"你們打了電話未？"大衛問。

琪琪點頭説:

"己打了 911"

果然不久之後，消防車，救護車都陸續來到，反而警車是最後一個到。

這時整座 town house 和附近喜歡看熱鬧的鄰居都被響亮的警號聲，引了出來。不知是否受到珍驚慄的影響，大衛亦覺得他的身體亦開始抖震起來，不竟這是他第一次親眼目到一件死屍躺在面前。一個警員隨同兩個救護員和消防員來到，救護員立即跪着檢查那具屍體，而消防員就入了屋內調查。站在門外的警員就問：

"請問，是誰先發現這具屍體的。"

躲在大衛身後的珍舉起手說：

"是我。"

警員行近的問：

"妳認識他嗎？他是誰？與妳有什麼關係？"

還在顫抖的她，腦袋仍是一片空白，琪琪見到，立即出來替她回答。

"這是她的丈夫。"

"在什麼時候你們發現他"

珍哭着回答：

"當我們回家開門時，已見他臥在地上。"

那警員不耐煩的再問：

"我問是什麼時候？"

"是剛才我們回家時才發現。"

這時救護員將阿力士的屍體抬走。珍見到這情景，哭聲更大，琪琪亦忍不住哭了起來。大衛輕聲問那警員：

"可否告訴我，那個死者的死因？"

警員望了他一眼説:

"初步懷疑他是觸電身亡， 但仍待化驗證實。你是她們的什麼人？"

大衛答:

"我是她們的朋友，剛與她們玩激流回來。"

警員繼續問:

"你們去了多久？"

大衛答:

"我們到 Colorado Park 玩激流去了三天，剛從中午回來。"

警員繼續查看，發現在屋外地上有一張寫了中文字的條紙，他拿起來問大衛，裡面寫什麼。大衛笑着回答:

"對不起，我不懂中文字的。"

他將警員給他看的紙條交給旁邊的琪琪看， 琪琪閱後答覆那警員:

"這是修理電器的人留下的，他説按門鈴，等了 10 分鐘，沒有人在，要改天才再來。"

警員問:

"為什麼你們要找電工。？"

琪琪答:

「因為我們發現這個燈掣洩電，所以才找個電工來修理。」

警員再問：

「但為什麼死者不知道這個電掣有問題。？」

琪琪答：

「我們在他出差時才發現，我們打算叫電工來修理，但他們卻在我們不在家時才來。」

大衛一直站在旁邊聽，但仍忍不住的問：

「警長，通常家用的電力祇會給予一種觸電的感覺，但這種感覺會使人立即鬆手，不會至死的。但為什麼他會電死呢？」

警員望了一望，然後指給大衛看：

「你看見地上那些水漬嗎？我懷疑是他們養的寵物將飲水盆弄翻，而令水留在地上，所以當死者回來時亮燈，觸了電，而因為他光着的腳踏着水，電與水一通電就令他觸電而亡。」

在旁的琪琪説：

「對，我家有隻小貓，我們這幾天都不在家，所以多放點水在水盆上。誰知。。。」

説到這裡，琪琪已泣不成聲，再沒有説下去。警員將所有人的資料抄下後就離開。

珍慢步走進自己的房間，見到一張張與阿力士照的相片，不禁令她淚湧如泉，最後她坐在床邊，當她舉頭看到她們的結婚照片時，她不期然的站起來，伸手去撫摸相片中的丈夫。站在房間外的大衛輕聲的問琪琪：

"他們結了婚有多久?"

琪琪答：

"相信有一年多，不過我和她的丈夫不太熟，祇知他是在車行做銷售員。"

大衛自言自語說：

"她們一定是很恩愛的。"

琪琪祇答一句：

"或者是。" 然後轉身行到客廳坐。

大衛這時覺得再沒有地方可以幫到她們，便打算離開，但當想與她們道別時，珍那對憂鬱，空洞的眼睛望着他，使他產生了一種不忍的感覺，於是對她們說：

"我覺得你們今晚不能在這裏住了，或者，到我家先住一晚，好嗎？"

琪琪沒有意見，珍總覺得不好意思。

"不用怕，我只是跟我媽媽兩人住。"

最終，她們都跟大衛返回他的住所。沿途大家都沒有說話，聽到的祇是珍與琪琪微弱的飲泣聲。

琪琪與珍入到大衛家時，見到在大廳的牆壁上掛滿了，他們家人的照片。而在角落處有一個小長木牌，內有一張相片，而在木牌前有一個小香爐，十多枝燒完的紅色香腳一枝枝的插在小香爐裡。顯然這是大衛爸爸的神位牌。在神位牌內寫着：

「廣東台山市台城鎮 李鎮遠先生。」

珍祇是望了一眼就跟隨着大衛走，但琪琪卻很有耐心的細讀木牌裡的每一個字。

"媽，我回來了。"

當大衛回到家時，慣例的向廚房做菜的母親説。

"肥仔，晚餐快好了，你回房換過衣服就可以吃，肥仔，記得將你的骯髒衣襪放在洗衣機裡面，你知道你穿過的襪子味道是多難聞的。"

大衛的媽媽一邊炒菜，一路不停的説，但突然在她説完後，聽到有一把女性的笑聲，她立即跑離廚房，見到大廳內除了她的兒子外，還有兩個女孩子在，她立即用圍裙將手擦乾淨，撥機凌亂的頭髮，跟她們打招呼。

"李太太，麻煩你不好意思。"珍用普通話對她説。
大衛的媽媽用英文回答：

"很抱歉，我不懂普通話，可能住在美國太久，通常我都用英文和我的兒女談話的。"

珍立即用英文回答：

60

"這個我也明白，我只是覺得抱歉來給你們家人麻煩。"

大衛的媽媽捉住她們的手說：

"不會是麻煩，我是覺得很高興你們到來。"

轉身對大衛說：

"你又不對了，帶朋友來應該早點告知我，以待我準備好晚餐來招呼她們。"

大衛隨即說：

"我們是準備到外面吃的，所以才沒有給妳電話。"

珍很有禮貌地向李太說：

"伯母，不用客氣，我們祇是不想打擾妳。"

李太說：

"那會是什麼打擾呢？如果妳們不介意我煮的菜粗陋的話，我想妳們 全部都留在這裡吃我煮的晚餐。"

平日依從慣媽媽和大姐的大衛，那敢不從，加上見到她們兩人都無意見，於是就決定留下來。

"肥仔，你帶她們到客廳坐坐，待我看看雪櫃裡還有沒有其他食材可以用。"

珍說：

"伯母，隨便一些就可以了，不要太費神。"

李太太覺得這個女孩子很體貼，笑着的說：

"妳們是大衛的朋友，不能過於隨便的。"

"珍，過來，讓我帶妳們看今晚睡的房間。"

大衛行過來帶珍和琪琪上樓去。

"我家有 5 間房，媽媽住在地下的主人房，樓上有四間房，我姐結婚前住一間，其他三間都是我的房。"

大衛逐一的向珍和琪琪介紹。

"今晚妳們要睡我姐姐的房。"

他說完後，隨手將房間的門推開。一看這間就知道是個女孩子的閨房，粉藍色的牆，配米色的傢具，一張純白的床單，舖在一張單人床上，顯出這房間主人是個不着重花飾的樸素人，而牆角的梳粧枱上，亦只放了一些她日常用的化粧品，除了化妝品外，還有一個藍眼的布娃娃，坐着鏡下，每天凝望着女主人如何將枱上的化妝品，塗在臉上。

珍將那些化妝品拿起來看，又小心翼翼的將一瓶香水，輕輕的噴了些在手背上，大衛見到她瞇着眼睛去聞時，現出了一個迷人的表情。而琪琪抱着放在床上的大熊貓，觀看牆上女主人的照片。她們參觀完後，珍還是覺得不好意思的說：

"我們不想弄亂姐姐的房，今晚我們住客房就可以了。"

大衛摸着頭對她說：

"我們的客房其實是雜物間，媽媽總是喜歡將舊的東西全放在裡面。"

大衛見到她們懷疑的表情，立即帶她們去看。果然房間裡面放了一堆堆舊的東西，一部説不出年代的腳踏縫衣車，旁邊有一張破了一邊扶手的搖搖椅。

　　大衛忙着解釋：

　　"這張搖搖椅是我爸生前喜歡坐的。以前他做餐館時，每晚放工回來，都會將餐館當天賺的錢交給我媽，媽媽坐在旁邊點算，而他就坐在這張搖搖椅上休息。"

　　珍用羨慕的口吻説：

　　"大衛，我相信你爸爸生前定必是很愛你媽媽的，對嗎？"

　　大衛鬆鬆肩説：

　　"I don't know, Maybe."

　　珍突然感觸的哭起來。

　　大衛不知如何去安慰她，於是立即拉她們去看另一間房。當她們來到大衛的睡房時，呈現在眼前的是一間凌亂的房間，床上的被跟床單卷着一起，一張双人床，放着一個枕頭，而另一個枕頭卻滾在床腳下。祇有是那一排排的「變型金剛」，整齊的排列在書架上。大衛見得如此狼狽，立即將門關上，尷尬的對她們解釋：

　　"嘻嘻，那天急於出門，所以沒有收拾好。"

　　他一邊關門，心裡一邊埋怨媽媽沒有進來替他收拾好房間。坐在飯桌上，李太不停地説她兩個兒女幼時的趣事。

63

"哈，肥仔細時很可愛，待會有時間，讓妳們看他三歲時，在萬聖節映的相，哈哈，很好笑。"

大衛忍不住的細聲對坐在他旁邊的媽媽說：

"媽，求你不要給她們看那些照片，還有別再叫我肥仔，OK。"

李太望他一眼，笑了一笑。然後問坐在大衛旁邊的珍：

"今天的晚餐做得太急速，你們覺得如何？希望妳們能接受。"

珍此時正準備用筷子將炒蛋夾起來，她立即停下來回答李太：

"伯母，在這短小的時間，你都可以做得那麼好，我真的要向妳學習了，特別是這個蝦炒蛋，蛋炒得很滑。"

李太聽到有人讚美她，她開心的笑起來。而大衛忙於替他媽媽說：

"這個是媽媽做得最好的，可以比美唐人街的大酒樓。"

李太笑着的回答：

"不要聽大衛亂吹，這個祇是以前在我餐館做的大師傅教的，其實都沒有什麼秘訣，祇要在炒蛋時，放多一些油，這樣炒出來的蛋特別滑。所以這道菜叫滑蛋蝦仁。"

琪琪突然用廣東話回答：

"這個我也聽過。"

李太這時才留意到琪琪，她很興奮聽到有人說廣東話。很高興的問琪琪是否廣東人。琪琪笑着回答：

"伯母，我的外婆是廣東人，但嫁給我外公後，就移遷到了東北省。而我的廣東話，都是我大學的廣州同學教。"

李太隨着問：

"那麼妳外婆是廣東那一處人？"

琪琪想了一想後說：

"好像是台山，又好似台城，嘻，弄不清是那處，我真的記不起。"

李太很開心的笑，並說：

"傻女，台山是市，台城袛是台山市的一個鎮。"

琪琪妨如大悟，之後說：

"哦！我終於明白了，伯母，多謝妳的解釋。"

李太說：

"妳真聰明，好多北方人都學不懂廣東話的。"

這一刻，李太的重點放了在琪琪身上，珍袛是默默地吃飯。由於今天發生的事情太多，各人都很累，在吃完晚飯後，大家都各自返回房間休息。

———————

由於李太染有糖尿病，高血壓等病，所以醫生吩咐她所有吃的東西都要小鹽，小糖，和小油。其實昨天她做的晚餐已超越了醫生的指示。不過大衛還擔心媽媽煮的會是淡味早餐，怕她們吃不慣，所以一早就換了上班的衣服，準備帶她們到唐人街吃。當他從樓上行下來時，聞到一陣陣的米香味，他知道媽媽已煮了他喜歡吃的粥。媽媽煮的粥除了煮得綿綿外，更可以將米的香味完全熬出來。

　　"來，坐下吃早餐。"

　　李太見到他的兒子來到時説。大衛見到餐桌上除了一鍋熱騰騰的粥外，還有一碟冒着煙的炒麵。

　　"珍呢？"

　　大衛望到餐桌上好像小了一個人。而這時，珍揍着一碟水餃從廚房出來。大衛見到，立即起身接過那熱碟，然後放在桌上。

　　"來吧！大家不要客氣。"

　　李太見到幾個年青人嘻哈的笑着，她不禁感慨起來。

　　"唉！自從大衛的爸爸離世，和他姐姐出嫁後，我家都很久沒有這樣高興過。"

　　頓時間氣氛沈重起來。大衛亦察覺到，所以立即嘗試改變話題。

　　"珍，昨晚睡得如何？"

珍正想答覆時，李太就搶先說：

"她整晚都沒有睡，唉！真可憐，今早我起床時見到她獨自一人坐在廚房裏哭。"

珍原已是沈重的心情，聽李太說完後忍不住又泣起來。李太繼續說：

"那時大衛爸爸離世的整整一個月裡，我都沒有好好的睡。"

琪琪好奇的問：

"那段日子妳是如何去渡過呢？"

李太想了一下，繼續說：

"我半夜睡不到時，就會跑到廚房裡做菜。如果大衛兩姐弟吃不完，我就帶出餐館，不管有沒有人喜歡吃，總叫所有員工把它吃光，所以 。 。 。"

她望着飲泣的珍，並捉着她的手說：

"知道了昨天，她丈夫發生了意外事件後，我不知道如何去開解她，唯一可以做的事就是令她勞動，所以今早的早餐是我們二人合造的。"

她說完後， 大衛立即拍掌回應，琪琪亦放下筷子跟着拍手。珍隨即將手中拿着用來抹淚水的紙巾放下，跟着拍掌。

在車內，大家默默不語，車內吹出的冷風和炙熱的陽光一點都不協調。大衛不斷的嘗試用其他話題去打破悶局。但，總是失敗。

"你媽是否不喜歡別人進入她的廚房。"

珍突然的一句話，令大衛不知如何對答。

"妳為什麼問這個奇怪的問題？"

珍的眼睛仍是凝視着車窗外，沒有答。片刻後，她好像想通了，笑着對大衛說：

"對不起，可能我太敏感，想多了，"

大衛仍是不明，珍最後說：

"算了罷，你們男人是不會懂的。"

大衛聽後更加不懂，更加想要知道原因，珍受不住大衛一而再的追問。

便跟他說：

"其實都沒有什麼，真的，我祇是過度敏感而已。"

停了一刻，她終於說：

"今早她見到我坐在廚房內哭時，問了我很多問題，之後，她提議做些事情，這樣就能將那些不安的情緒忘記。但每當我想做什麼時，覺得她總是喜歡站在洗碗盤中間，好幾次我想用水都要請她移開。"

68

大衛笑着説：

"這有什麼關係。"

珍望了他一眼説：

"你們男人那裡會明白，這是她在宣示主權。告訴其他人她是這裡的主人。"

大衛大聲的笑起來。

"哈哈，哈哈，她的確是家裡的主人。妳過度敏感了，加上妳們是客人，我估她只是不想妳辛苦，更何況，廚房內的東西擺放，妳一定沒有她那麼清楚。"

大衛説完，珍立即回答：

"或者是，不過記得在我剛結婚時，第一次到奶奶家吃飯，我想到廚房去幫忙，但她也是喜歡站在中央，指東指西，就是不想我染沾她的廚房。"

大衛不停的笑：

"唉！真的是不明白妳們女人的心態。"

珍不服氣的説：

"你們是永遠都不會明白的，但我深信我的直覺。"

之後，他們再沒有爭論，大衛繼續開車，直到來到珍住的 town house，放下她們兩人後，就獨自駕車回辦公室去。

珍和琪琪再次踏入家門，屋內的冷氣，隨着調較定的溫度下仍然不停的運行着，使她們覺得屋內特別冷。琪琪在衣櫥內拿出一件白色外衣給在顫抖的珍穿。但珍沒有穿上，祇披在肩膀上，說了句。

　　〝Thank You.〞

　　琪琪沒有回應，坐了一會兒，就離開，屋內，祇剩下珍一個人。

第七輯
Chapter 7

自從離開她們，這幾天在大衛的腦中仍浮現着珍的笑影，記得那次在小屋內，琪琪替他占卜時，珍坐在他身後，她那微帶着如蘭花般的髮香味，從後飄來。到了今天仍環繞着他身體內每一個感官裡。

他忍不住拿起電話，問她這幾天的狀況。但對方祇是冷淡的回覆他，說話答不上三句就提出掛線。大衛早已習慣了被人拒絕，現階段，他祇好是將思念對方的思想放下，繼續過以前過的生活。

延續了幾天的晴朗天氣，到了今天，中午時侯又再下了一場大雨，一場挾着雷暴的滂沱大雨。早上，大衛的公司有一個例會，在接近散會時，大衛的電話突然响起來，他沒有理會它，隨手把它關掉，但不夠五分鐘，電話又再次響起來。他將手機從口袋裡拿出來，看一看來電的人究竟是誰，一看之下，原來來電者是珍。大衛很興奮的將手機放回袋子，然後用最簡短時間將他的報告講完。會議亦隨即結束。他快步的離開會議室，然後在走廊內回電給珍。

"大衛，你有沒有時間？有些事情需要你幫忙。"

對方一陣帶着磁性的柔弱聲音，令大衛興奮起來。"可以，當然可以。但外面正下着大雨，要不要我到你家接你呢？"

珍想了一會，就答覆：

"好，不過由你工作地點來到我家，路程不近呢。"

大衛笑着回答：

"無所謂，反正我下午都有空。"

珍連隨問：

"你下午不用工作嗎?。"

大衛説：

"這個我可以在明天完成。"

珍隨即答他：

"那就好了，因為我怕會躭誤你的工作時間。如果無問題，我就在家等你。"

————

在餐廳內，大衛很快的吃完那碟肉醬意粉，但珍對着面前的白菌海鮮麵，祇吃了幾口就再沒有碰它。

"不要再難過，讓時間慢慢將它冲淡。"

大衛嘗試用説話來安慰她。

"No，我己經再沒有去想他，我。"

她停了一刻再説：

"我祇是覺得你們美國人的工作太慢了，簡單的一張死亡證，亦要等幾個星期才可以發出。特別是那個市政府工作的女黑人，你多問她一句說話，她都顯得很不耐煩，高傲得令人作嘔。"

珍仍然是很不服氣。

大衛說：

"妳亦不要怪他們，這是個程序問題，特別是妳丈夫是意外死亡的，理論上要法醫檢查後才能批出死亡證的。"

珍仍然是不高興：

"我明白，但當日的警員及救護員都見到，明顯阿力士是意外死亡的， 但‥‥‥算罷。"

珍看到坐在她旁邊的大衛，不安的表情，立即捉着他的手說：

"對不起，要你白走一趟陪我到市政府處，現在又要你聽我發嚕囌，我真的是過意不去。"

大衛隨即說：

"沒有關係，又不是什麼大問題，何況我的英語水平比妳高，日後妳有什麼需要我幫忙，不要客氣。"

珍聽後，立即展現出她甜美的笑容，對他說：

"大衛，在美國能夠認識到你，我覺得自己很幸運。多謝你。"

她再次緊握着大衛的手。

回到家後，珍坐在沙發上，一言不發，琪琪從她的房行出來，用她們的村話問珍：

"死亡證書拿了未？"

珍沒有答她，祇是將一對半脫落的鞋，用力踢出去。眼見此情景，琪琪亦猜測出答案，正當她想轉身離開時，聽到珍大聲的叫

"小妹，拿我的煙來。"

琪琪走入她的臥室，拉開床邊的小櫃，將珍要的煙拿出來。接過琪琪給她的香煙，珍拿出一枝火柴不停地在磷皮上用力擦，磷火和燃着時發出的的煙味，使琪琪受不了，立即逃回房內。珍黯然地吸着每一口煙，然後用力的將吸入的煙噴出，企圖將多日來的不滿，與怨氣全混入煙霧內將它一起吹出去。珍咬着香煙步入廚房，在雪櫃裡拿出最後一罐啤酒。

"媽的，為什麼這罐啤酒不凍？"

琪琪沒有理會她，繼續在房間內看她的中文電視劇。珍見到沒有人理會她，怒氣的將啤酒罐摼向洗碗盤內，鋁罐被衝擊下破了一個洞，罐內的啤酒隨即噴了出來。薄薄的啤酒泡沫，一團團的伏在廚房的磚牆上，破散後，變成滴滴水珠跌落在廚櫃上。

初秋清晨的風總是帶點兒寒意，開始變紅的樹葉，依然伏在老樹枝上。乍暖還寒的天氣，令人難以捉摸。珍如常來到大堂的郵箱等待着郵車來到。今天郵車遲了45分鐘才到，那個郵差急急的將各戶的信件插入單位的信箱內，就立即跳回郵車離去。今天又一次令珍失望，裡面除了是廣告的郵件外，還有一封是貸款公司的催付上月欠的屋貸款。

回到家，珍將那些信件拋在門前的小木桌上，正當坐下沙發時，門鈴突然響起，她想大呼，叫琪琪去開門，但想起，她今天有考試，要午後才回來，於是唯有自己去開。站在門口的是住在她樓上的墨西哥女人。由於大家的英文程度不高，所以平時都只是點頭，沒有任何交談。那個墨西哥女人用淺白而帶有濃厚西班牙口音的英文對珍說：

"郵差今天把妳的信放錯入我的信箱內。"

珍接過後一看，收信人是她，寄出的信封，印上市政府的圖印。她高興的向她的鄰居道謝。

關門後，她立即拆信，果然是她等待己久的死亡證書。她隨即走入房內，換過一套簡單的套裝後就走去保險公司。在等待交通燈時，珍的手機響起來，

"喂！大衛，是，我很好，現在，我現在正出門，你不用來車我，謝謝。"

在電話中大衛仍是鍥而不捨。

珍無奈地說：

"大衞，待我辦完事後再和你吃午餐。不談了，我正開車。"

這時正是中午時刻，高速公路上很擠迫，但沒有影響珍愉快的心情。來到保險公司，她將到訪的目的告訴櫃前接待的金髮女職員後，就拿着她的手袋坐在沙發上等。 不到 5 分鐘，她被帶進一間小房間裡，房內坐着一個個子不高，微禿頭的中年男人，面帶嚴肅的他與珍握手後就用不大流利的中文介紹自己。

"妳好，我是簡進，香港人，希望妳聽懂我的普通話。我是這間公司的資深索償主任，是負責妳先生的保險賠償"

珍很客氣的回答:

"你好，簡先生。你的普通話説得很好，我完全聽得懂。"

他笑笑後再説:

"那就好了，首先我想知道妳的名字和妳同林先生的關係。"

珍回答:

"我叫沈珍妮，是阿力士林的妻子。這是我的證件。"

她隨手在手袋裡拿出己準備好的綠卡和駕駛執照出來。但簡進一眼也沒有看她的證件，只是問:

"請問林黃二妹是誰？"

珍立即答:

"是我的婆婆。即是我丈夫的媽媽。"

他再問:

"她有沒有來?。"

珍答:

"沒有來， 她一個人住在波士頓裡。"

珍覺得有點兒不對勁,於是再問:

"這個與她有什麼關係？"

簡進望了她一眼說:

"因為她是這個意外保險的受益者。"

珍變得驚訝的問:

"對不起,簡主任,或者你說的普通話令我誤會,你是否說我婆婆將會與我一起共擁這筆保險金？"

簡主任笑着回答:

"不， 全部保險金都全數屬於她的. 除非她願意與妳分享。"

珍仍然是不服氣的問:

"我不明白,我是死者的太太,我想我是應該享有他遺產或保險金的權利。"

簡主任回答:

"林太太,我們祇是依照買保險人的吩咐,他喜歡放誰人的名字,我們沒有權去過問,我們祇照着他填寫的人名為受益人,希望妳明白。"

頓時間，珍變得不知所措。簡主任將那張死亡證書放回檔案簿內就離開，在他臨行前，對珍說：

　　"麻煩妳，通知妳的婆婆到侯斯頓來找我們。"

　　之後再說：

　　"或者她會同意分一半給妳。"

　　珍呆坐着，一時之間不知如何是好。她的電話又響，望一望來電人。

　　"媽的，又是他。"

　　隨手將手機関上。

──────────

　　琪琪回到家，正當她想亮燈時，聽到珍在黑暗裏對她說話：

　　"不要亮燈。"

　　琪琪不明的問：

　　"什麼事，妳又不是個盲人。"

　　客廳處傳來一陣冷笑：

　　"哼，我覺得自己比盲人還慘。"

　　琪琪沒有理會她，將屋的燈全亮起來。

令她吃驚的是，眼前的客廳，凌亂一片，地板上滿是報紙，雜誌，杯子，和破碎的相片架，相片架的結婚相看曾被人用力的踐踏過。相片架的玻璃碎遍佈在各角落上。

　　琪琪無言的走去廚房，拿起掃帚，小心翼翼的將每一粒玻璃碎片掃走。珍將今天的事説出後，以為琪琪會來安慰她，迎來的卻是琪琪對她的椰揄説話。

　　"上天造妳的樣貌時，必定是忘記了放個腦袋在妳的頭上。發生事之前，　妳一定要知道，誰是受益人。"

　　停了一停後再説：

　　"現留下給妳的衹是這間還要供十多年的殘舊 town house。"

　　珍聽後，拿起沙發上的小枕用力的擲向琪琪處。

　　"妳那會知道我沒有看過。"

　　珍破口大罵。

　　琪琪仍是冷靜地説：

　　"如果妳早知道，受益人不是妳時，為什麼不立即要求他改放你的名字。"

　　珍並沒有琪琪那般冷靜。她大聲的叫着：

　　"我以爲他衹是跟我開玩笑。"

　　琪琪不明的問：

　　"開什麼玩笑？"

　　珍苦笑着説：

"那王八蛋説，媽媽年紀大，如果他一旦比她早死，亦有錢給她渡過餘生。"

　　琪琪嘆了一聲。

　　"唉！這証明了，他愛他的媽媽，比愛妳還要多，事到如今，你將那個王八蛋鞭屍都不能改變事實。"

　　珍大力的拍枱：

　　"我真的想把他從墓地挖出來，一鞭鞭的去鞭打他，才能平息我的憤怒。"

　　她一邊説，一邊舉起手在空中揮舞。琪琪見她如此大動作，在旁邊笑了起來，珍亦禁不住，自己亦笑起來。笑聲過後，兩人變得默默無語，室內更顯得沉靜。

　　"妳日後如何打算？"

　　琪琪問。珍想了一想後回答她。

　　"I don't know。"

　　這時，珍的手機又響起。但她沒有理會，任它自動收線。

　　琪琪説：

　　"這是妳最後的希望。"

　　珍不吝的答：

　　"我不相信我找不到其他人，想起那堆肥肉，哼! 未吃入口已覺得膩了。"

第八輯
Chapter 8

"大衛，記得我嗎？"

珍平實溫柔的聲音，令大衛興奮得差點忘記了自己的名字。

"當然，我記得妳，什麼事？"

珍問：

"你喜歡看話劇嗎？"

在這刻大衛立即聯想起是一個意大利肥婆，站在舞台上拉高着嗓子唱歌，他立即搖頭，幸好對方在電話裡看不到他這個動作。

"都可以，希望不會是外國歌劇。"

珍立即糾正他。

"No， it's a stage show. Not an Opera . 對不起，可能我的英文用錯了。這是部舞台劇，並非是歌劇。"

大衛回答：

"那就好了，by the way 為什麼妳忽然想去看舞台劇呢?"

珍説:

"我初來美國時是在戲劇學院上課的，後來結了婚後就再沒有去上課，不過我仍然有與他們見面。今次他們會在 Jones Hall 上演一部舞台劇， 我想去看看， 但琪琪要考試， 所以才想約你陪我去看。"

珍在電話裡聽到一個輕輕的笑聲。

"當然是無問題。"

這個果然是珍打電話前所預測到的答案。平常衣着隨便的大衞今天穿了一套黑色西裝，玫瑰紅的領呔，襯一件印了暗花的恤衫。

"肥仔，今晚參加誰人的宴會，要穿得這麼隆重？"

當他出門時剛巧遇到姐姐帶着她的女兒來探望外婆。

"我今晚去看舞台劇。妳知嗎？作為觀眾，穿着整齊是對表演者的尊重。"

大衞説完之後就走，忘記了做一件事。姐姐的女兒很不高興的跑去媽媽處，抱着媽媽的腿哭着臉説：

"媽咪，肥舅父今天沒有吻我，是否他己不喜歡我？"

姐姐心中亦奇怪，什麼重要的約會會令到她的弟弟，忘記去吻他最疼愛的小外甥女。大衞比預期早到了珍的家，他緊張的拿着一束玫瑰花站在門外，當門打開時，站在他面前的，是一尊美麗的雕塑。她穿了一條深紫色的及膝裙，一對黑色的短紗袖遮掩着她如春藕般細緻的玉臂，簡單的一個胸花和一條金色環扣半垂在腰間，更顯出她的華麗。大衞呆望着珍分多鐘，才將手上的玫瑰花遞給她。

珍問:

"什麼?。我的穿着有問題？"

大衞祇是搖頭，然後同她登上剛洗淨的德國房車裡。

愛情可以使人變得浪漫，平常言詞笨拙的大衛，在車內對珍問她的衣着配答如何時，他沒有正面回答她的問話，祇是對她笑笑，然後拿出 Eric Clapton 的一隻唱片，放入車的 CD 唱格內。寧靜的車廂，慢慢開始播一段結他聲，跟着是一把磁性帶着微沙的歌聲，歌者正唱着大衛當時的心情。

<< ITS LATE IN THE EVENING '
SHE WONDERING WHAT CLOTH TO WEAR'
SHE PUTS ON HER MADE UP.
AND BRUSHES HER LONG BLONDE HAIR AND THEN
SHE ASK ME
DO I LOOK ALL RIGHT.
I SAY MY DARLING.
YOU LOOK WONDERFUL TONIGHT,>>

在這一刻中，珍微笑望着大衛，然後將頭倚在他的肩膀上，閉上眼睛，聽着他一邊駕駛一邊隨着歌手歌唱。

_____

整個舞台劇，大衛都沒有認真的去看，而珍卻很留意台上的表演，離場時，還與謝幕的演出者握手。

大衛好奇的問：

"妳認識他們？"

"部分是我同期的同學，唉！如果不是結婚，可能我亦會跟他們站在台上。"

珍說完後，她拍了大衛一下，然後問：

"喂！其實你明不明白這部舞台劇的表達內容？因為我發覺你開始後不久就睡着了。"

大衛尷尬的說：

"我很努力嘗試去明白它，不停地思考 "RAINING STAGE" 這個劇目的　真正意思，但，嘻，太深奧了我在思考中睡着。"

珍不滿的望了他一眼。

"劇中表達了人生就猶如是一個舞台，有些人身處在充滿着陽光的舞台上，有些人卻在舞台上遇到了風雨。幸運的是風雨過後，可以見到陽光，更有些幸運的人，還可以見到彩虹。但有些不幸的人，立在風雨的舞台上，沒有遮掩，也沒有人來幫他，一直承受着風雨的他，祇有無奈地靜待着雨後的陽光出現。"

大衛大聲的讚美她：

"嘩！妳好聰明呀！"

珍用手掩着她的咀，笑着答：

　　"哈哈，其實這都是我的同學，他們告訴我知的。"

————————

　　離開劇院，他們並没有立即去停車場取車。

　　"妳肚餓嗎?。"

　　在擠迫的行人道上，大衛緊握着珍的手，四周喧嘩的人群，使他要貼近珍的耳邊説話。　這是他第一次如此接近她，幽清的髮香，令他迷失在人群裏。珍微笑着點頭。

　　"有一點點，不過我不想在晚上吃太多。"

　　他們在附近選擇了一間日本餐館。一排排油得光亮的木枱櫈，牆壁上掛了多個典型的大和燈籠。使人覺得這間餐館簡撲而清雅。餐館内的寧靜氣氛跟街外的嘈雜聲，分隔出兩個世界。大衛知道珍喜歡吃三文魚，於是點了一份三文魚魚生和一碟炸素菜天婦羅，　一枝清酒。在柔和的燈光下，大衛覺得珍更加美麗，但在她的美麗底下，彷似存有一種憂鬱的感覺。珍飲了一口清酒後，　帶着點幽幽語氣對大衛説。

　　"大衛，你有没有朋友可以介紹我租房。"

　　大衛望着她問：

"什麼事妳要找房子租呢？妳丈夫不是留下一筆保險金，及現住的屋給妳嗎？"

珍欲言還止，最後坦誠的對他說：

"大衛，我覺得你是一個我可以信賴的朋友才會對你說。"

她雙手按着那杯半滿的清酒，低着頭眼睛望着它，繼續說：

"我的丈夫他將保險金的受益者寫給他媽媽。留下給我的只是我現住的 town house，但是它仍有 13 年期款未付，即是每月我都要付近 1 千 多元的供款。我現做的化妝品公司，工資並不多。"

她嘆了一聲氣，之後再說：

"我問過我的房屋經紀，除去貸款公司的餘款和其他費用，如果以現市價賣出，剩下的款項我是沒有可能買到另外一個單位住，所以暫時我祇能租個小單位的房或者柏文住。"

珍望着大衛繼續說：

"你現在明白我的狀況。"

大衛點着頭回應她。

她嘆氣的說：

"我這幾天都為這個而煩惱，因為近我工作地點的柏文，那處的租金並不便宜。"

大衛說：

"可惜我家的物業全部在城中，但你相信我，我一定可以替你找到一間合適的房間給妳。"

他的誠懇表情，贏得珍的甜蜜笑容。

第九輯
Chapter 9

有一天，大衛來到珍工作的化妝品店，珍見到他進來，說：

"為什麼不先打電話來，我還有一小時才可以去吃午飯。"

大衛說：

"我的手機壞了，現仍在店裏修理，下班時才修好，所以未能用電話與妳聯絡。對，今晚妳有沒有空。"

珍想了一想，答：

"我答應陪琪琪去買東西，因為她會在聖誕節期間返中國。什麼事？重不重要？"

大衛說：

"今晚是我媽媽的生日我想你能夠來。"

珍聽到後立即答應。

"今次是我第一次正式與伯母見面，而且又是她生日，你可否告訴我應該送給她什麼呢？或者她喜歡什麼？"

大衛見她如此緊張，說：

"妳肯來，己經是一份大禮物了。況且，她什麼都有，妳不用再花錢。"

珍笑着問：

"那我應該在什麼時候去呢？"

大衛立即說：

"我放工時會來接你。"

到了珍放工時，大衞已經站在店外等她。珍上了車後，認真的對大衞說。

"你可不可以先車我回家，你看，我今天所穿的衣服怎樣能見伯母呢？"

大衞嘗試說服她。

"我覺得妳今天穿着十分合格。"

珍想想後，再看今天自己的穿着，同意了他的說法.

一刻之後珍再對他說：

"那你先車我到唐人街罷。"

大衞猜不透，但沒有問原由，到了唐人街，珍下車後就如箭一樣飛奔到一間廣東麵店，買了一盒長壽麵。紅色的塔型紙盒內放了一餅餅廣東人叫伊麵的長壽麵餅。携着那長盒，小心翼翼的她，再進入另一間金飾店內。珍記得公司的廣東同事，告訴過她，應該送什麼生日賀禮給長輩。

入到金飾店，呈現在珍眼前的是一堆堆金飾。令她眼花凌亂. 左挑右選，她選了一件喜歡的金飾，但一看價錢牌，立即就把它放下，她再看其他價錢平的飾品，但又覺得很小氣。

花了不少時間跟店員議價，最後，終於忍痛買了一條金鍊，再加配一個刻有壽字的玉牌，珍終於滿意自己的選擇。當她付過錢後再看手錶，天啊! 已過了 25 分鐘，待店員將她買的飾物包好後，急急的走向大衛等候她的地方，為了趕時間，她避開擠迫的行人道，而行出馬路邊。

這時有一部停泊在超市傍的貨車，一個墨西哥工人，正在將一箱牛肉從貨車拋到地上，那箱牛肉跌落地時，濺起地上的污水，而這時珍剛巧經過。嚇得她立即舉起那盒壽麵，身體緊貼着停在路旁的房車，但仍是避不過濺起的污水。

"媽的，你這個王八，定是盲了眼，不看清附近有沒有人經過，就隨便將箱子拋下來。"

她不停的罵，但那墨西哥人不管她罵什麼，推着那箱牛肉就進入了超市。當她定睛一看時，發現她穿着的白色裙，被激起的污水弄得粒粒大小不一的班點。她氣得不停地用腳踢那部貨車。

"媽了巴子。"

她變得猶如一顆爆炸的核子彈，怒氣使她用盡她所識的各種罵人穢話，毫不留情地將它叫出來。珍原本想走進超市內，找那個墨人痛斥一番。但見到大衛的車駛了進來，她唯有是氣冲冲的跳上大衛的車。在車內她禁不住大喊起來。大衛見到她尷尬模樣，沒有安慰她反而笑得更大聲。珍顧不着儀態，用手拍他的頭。

"笑什麼？"

大衛笑着説：

"哈哈，現在終於可以有藉口，要我送妳回家換衣服了。"

珍沒有理會他，祇是小心翼翼的用紙巾將麵盒上的小泥漿抹去。

————————

回到家，珍立即到房間換衣服，出來時，琪琪亦跟隨她一起，但大衛沒有在意琪琪，因為他已被珍的艷光所吸引。

"你知我曾答應琪琪今晚陪她的，但今晚我要參加伯母的壽宴，那麼我可不可以帶琪琪一起去呢？"

珍的美麗笑容，令大衛忘記她剛才在唐人街的狼狽情況，答：

"啊！無關係，反正我媽媽喜歡熱鬧的。"

當他們進入餐館時，珍的艷麗不止吸引着大衛，還令當晚來到祝壽的親友們，目光全集中在她身上。大衛的姐姐蓮達，見到他們進來，就急不及待的從她的坐位跑出來。

"肥仔，這個就是你在電話裡告訴我，今晚帶來的朋友。"

見到她弟弟，含笑地點頭，她立即在大衛的耳邊說：

"嘩，她很漂亮呀！我相信，媽媽一定會喜歡她的。"

大衛一直笑，卻忘記介紹珍給她姐姐認識。

"妳好，我是蓮達，是肥仔的，哈! 對不起，我們家人習慣這樣叫他的。對，我是大衛的姐姐。"

蓮達忙着介紹自己。

珍立即向她點頭，笑着回答：

"妳好，我是珍，很高興能認識到妳。"

這時，仙蒂與標亦行來與她們打招呼。蓮達一直握着珍的手，拖着她去見大衛的媽媽。

"媽，這是大衛今晚帶來給妳的生日賀禮。"

李太見到一個如斯漂亮的女孩子，站在她面前，歡喜得立即站起來，與珍握手。珍很大方的將她買來的禮物遞交給李太。

"伯母，祝妳生日快樂，長命百歲，蓮達姐姐她跟妳開玩笑，這份才是送給妳的賀禮，小小禮物，希望妳會喜歡。"

李太望着她不停的笑，並拉她坐在自己身邊的座位。

"媽，怎麼樣呀？"

她女兒靜靜的在她耳邊説。

李太回答：

"好，樣子標緻，大方。我很滿意，不過，我好像曾在什麼地方見過她。"

蓮達立即回答:

"怎會可能呢？這是肥仔第一次帶女朋友回來，妳那何曾會見過她呢？"

這時，餐館的經理來問蓮達。

"老闆，可以開始嗎？"

蓮達回答：

"可以了，麻煩你叫他們上菜。"

坐在大衛旁邊的珍，細聲問：

"這間就是你們的餐館嗎？"

大衛望着她説：

"對，這是我爸爸生前經營的餐館，自從他過世後，就由我姐姐打理。"

珍周圍一看，店鋪雖是大地方，但裝飾仍沿用老派的大紅油漆，一對脱了色的龍鳳，立體的刻在她的座位背後，鳳凰其中有一盞小燈壞掉，看起來猶如是一隻單眼睛的鳳凰。當大家熱鬧地傾談時，珍亦與琪琪談話，坐在她旁邊的李太，聽到她們用自己的村話對話時，突然想起，原來她就是在夏天，大衛帶回家的新寡婦人。之後，她開始對珍現出一個冷面孔。這時服務生傳上了一碟頭檯，這是一碟四色的冷盤，鮮艷的薰蹄，大廚將它切得薄薄的一片片，橫放在紅色的义燒旁邊，一條條淡黃色的海蜇絲，灑上幾粒黑芝麻在上面，顯得唯肖唯妙，加上肥美的油雞腿更令人垂涎。

珍隨即用她的筷子夾了一片叉燒和幾條海蜇絲放在李太的碟上。誰知大衛的媽媽並没有碰碟裡面的餸，反而自己動手夾了一片薰蹄吃。珍想再夾給李太時，大衛察覺出不對勁。於是立即阻止她，婉轉的對珍説：

"珍，對不起，我們習慣用公匙，公筷來夾菜的。"

珍，望着大衛，聳聳肩，俏皮的伸出脷來。

這是大衛最喜歡看到她的俏皮動作。但他們料不到，這邊廂的李太卻用不悅的眼神望着她們。菜餚陸續地送上，相對各檯熱鬧的客人，主家席就顯得嚴肅一點，大衛好像忘記了今天是他媽媽的生日，整晚都忙於服待着珍。

"我想飲些熱的飲料，可否叫企枱拿杯熱茶給我。"

大衛聽完珍的説話，立即站起來，跑到水吧冲了一壺熱茶。李太更覺得不是味道，這時，傳菜的放下一碟剛蒸好的鱸魚。珍主動的用公筷將嫩滑的魚肉，小心的夾在公匙上，然後放在大衛媽媽的碟上，不過，她這個動作，並沒有引起李太的注意，她假裝與琪琪用廣東話跟她説話，珍聽不懂她們説什麼，只見琪琪站立起來，將魚頭那部份夾給大衛的媽媽。祇見大衛的媽媽，開心的用碗將它接過來吃，而珍放在碟上的魚肉和冷盤仍然未有被她動過。這時，蓮達帶着她丈夫和女兒到來與婆婆祝壽。

"媽，是時侯我們要向各枱的親友敬酒了，肥仔，你快跟着來。"

蓮達不停的催她的弟弟，但大衛仍像不想離開珍，於是蓮達說：

"珍，妳亦跟隨我們一起去吧。"

正當珍想站起來跟大衛行去時，聽到李太，很大聲的對她女兒說：

"蓮達，不要多事，我們自己人去就算，大衛，快過來。"

一時間，珍感覺到很狼狽，不知如何是好，最後她坐回自己的座位上。不快的心情，在他們離開後，珍最終還是忍不住，跑去洗手間，鎖上門後，她開始哭。

第十輯
Chapter 10

大衛送完珍和琪琪歸家後，氣冲冲的駕車回家.
回到家時，他用力的將門關上，轟隆的聲音將臥在床上休息的媽媽，從房間裡走出來。

"肥仔，什麼事？"

大衛一邊脫鞋，一邊怒視着媽媽，並没有回答她。這是李太第一次見到她兒子發這樣大的脾氣。 他惡毒的眼神，亦從來不會出現在她溫順的兒子面上，那眼神將她母親的傲慢攝住。但一向威嚴的她，怎會讓這小綿羊的簡單表情所壓住呢？

"今天是我的生日，不要使我生氣。"

大衛明白，如果他媽媽發起脾氣來，全家人都會受難，就算他的爸爸生前亦會怕到躲起來。大衛不發一聲的，拿起放在地上的外套急步走上自己的房裡。再一次強烈的關門聲音，使這間近 30 年的屋，仿如小地震一樣搖擺起來。一天，又一天，大衛不停的打電話給珍，但換來的是冷漠的回應，使他感覺到靈魂的失落，和傷心的痛苦。

———————

自始以後，回到家，他再沒有跟媽媽對話，有時候，大衛乾脆不回家吃晚飯，使李太獨自面對一碟碟自己用心做的菜。惆悵的心情使她舉箸而難下咽。李太隨便吃了幾口飯後，就將吃剩的餸菜放回雪櫃內。她一邊洗碗，一邊飲泣。洗完碗碟後，走出大廳，坐在電視機前，電視台正在播放着歡笑節目，節目嘻哈的笑聲，令她覺得更煩擾。於是她將電視機關上。 她想打電話給女兒，但那時候，正是餐館最繁忙的時間，兩人話也說不夠兩句，蓮達就要掛線。
她又撥打另一個電話。

　　"唏，是我，現在忙嗎？"

　　那邊廂，傳來陣陣小孩子的哭聲。

　　"姐，有要事嗎？對不起，妳先等一等，喂！細 B，這個不能吃的，聽婆婆話，快些放下。"

　　李太沒說什麼就掛上了電話。她坐在沙發上，開始想，想起以前丈夫在生時，她們一家人的快樂時光。想起大衛初次參加學校，才藝表演時，他在強大的對手中取勝。大衛拿着獎杯時，那個可愛的笑容，李太永遠都會記得。

　　"媽，你知我為什麼會拿到這個獎盃。"

　　站在旁邊的姐姐爭着問:

　　"對，我就是想問這個問題，你不是害怕站在一班人前表演時會失準的嗎？"

　　大衛用他的肥小手抱着媽媽說:

"因為我一直望着媽媽，我祇是對着她來表演，所以就算大堂內坐滿了多少人，我眼中只見到她一個。"

李太想起這段說話，心中甜甜的笑起來。

————————

大衛鍥而不捨的精神，終於令到珍答應與他見面，開始時大家都默默相對，大衛忍不住握着珍的手，珍沒有拒絕，他關心的問。

"妳好像瘦了？"

珍表現出不安的情緒。

"對，最近都是為找柏文的事而煩惱。"

大衛笑着說：

"不用煩惱，今天我正為這個而來。"

珍聽到後，美麗的笑容又重現在臉上，但依然是冷膜的答：

"真的嗎？"

大衛笑着說：

"我在妳工作附近找到一個柏文，而且步行到巴士站亦不過三分鐘左右。"

珍短暫的興奮表情很快就消失了。

"唉！我知妳所指的柏文是在那裡，不過，那處的房租差不多是我全部的薪金，都是算罷，如果隨便在唐人街的爛屋租間小房，我都可以應付的。"

大衛收緊一下握着珍的手，笑着説：

"不用擔心，因為我認識那間柏文的業主，他答應收妳最平的租金。"

珍仍用疑慮的眼神望着大衛。大衛匆匆的叫企枱結賬後，就放下餐錢，然後開車載珍去那柏文。

———————

當柏文經理用匙打開房門，讓他們進去時，珍被寬敞的客廳，小而齊整的廚房所吸引，但最令她雀躍的是一個小陽臺，雖然祇能容納二個人，但可以望見遠處的社區花園。

她用疑惑的眼神問大衛：

"你肯定他們會用這個便宜的房價租給我？"

大衛指一指站在他們背後的柏文經理説：

"如果不相信，妳可以問問他。"

祇見那個高大的黑人經理笑着點頭。

珍仍然懷疑，但一切美好的事情已呈現在她眼前，她笑着拖大衛的手走回客廳，待她簽完文件後，那經理就將鎖匙交給她，她拿着鎖匙微笑的望着大衛。那個黑人經理離開前微笑的對他們說：

　　"今天你們可以搬進來了。"

　　大衛連忙解釋說：

　　"是她，不過我會來幫她一起搬的。"

　　珍沒有說什麼，只是望着大衛微笑。

　　　　　　　———————

　　雖然珍之前已將所有的衣物用紙盒包裝好，但其他的東西亦不少。而最令每天都來幫忙的大衛百思不得其解的是，珍一箱箱的皮鞋，總似是搬不完一樣，每次都有一，二箱鞋子等着他搬到新柏文。大衛 說笑的問：

　　"Are you a Centipede？"

　　珍不明白什麼是 Centipede 大衛並沒有答她，只是笑着將她的一箱箱鞋搬上車。當他準備返回時，珍拿着另外一箱衣物到來，說：

"這是最後一箱了，其他的日用品，琪琪晚點會替我拿來。"

珍說完後，大衛就開車駛去珍住的新柏文。當一切安頓好，他們倚在小陽台吃着外送來的 pizza。

"大衛，快告訴我什麼是 Centipede？"

大衛祇是笑，沒有答她，剛巧，這時琪琪亦將最後的一盒衣物送到，珍靜靜走去問她表妹什麼是 Centipede。琪琪思考一下就說：

"是蜈蚣，他們廣東人叫百足。"

珍聽後，瞪眼望着大衛，大衛笑着走回陽台，珍跑過來，用手指扭大衛手臂的肥肉，扭得他叫痛。琪琪在廳聽到大衛慘叫，她亦笑起來。

"對不起，我祇是跟妳說說笑。" 大衛笑着向珍饒。琪琪見到兩人互相戲嬉，她覺得沒有意思，將衣物箱放下後，就走回學校宿舍。大衛一路笑着逃跑，珍一路追着他，兩人在小小的柏文內追逐，並沒有注意到琪琪的離去。大衛身軀肥大，沒有珍那般輕盈，最後他跌在沙發上，珍亦隨之被他拖到，二人滾落到沙發上，小型的沙發，加上大衛肥胖的身軀，使珍與他迫在一起，抱着珍嬌小的身體，陣陣誘人的香氣，令大衛禁不住的去吻珍，珍並沒有拒絕，還主動的抱着他，最令大衛興奮的是，當珍在他耳邊輕輕的說：

"今晚不要走，可以嗎？"

大衛來不及答，珍綺靡而嬌美的聲音，繼續說：

"我知你幫了我不少忙，我相信這裡你已經替我付了租金，所以你可以日日住在這裏，好嗎？"

當晚，大衛以行動來回答珍的問題。

第十一輯
Chapter 11

自從李太發現大衛這幾天沒有回家，她開始焦慮。立即打電話找她的女兒問。

"蓮達，妳有沒有見過肥仔？"

蓮達很奇怪的問：

"發生了什麼事？他不是住在家嗎？媽，妳為什麼哭呀？"

李太哭着的說：

"大衛沒有回家差不多有一星期。嗚，我打電話給他，他又關了機。"

媽媽一哭，弄到蓮達都不知所措，她亦着急起來：

"媽，不用擔心，我嘗試替妳找他。"

冷靜下來後，蓮達再說：

"媽，這可能是妳反對他與珍來往。"

李太不服氣的說：

"對，我是不喜歡他跟那個寡婦在一起。"

蓮達說：

"媽，這是什麼年代，總之他們兩人相處時開心，妳就不用管了。"

蓮達聽到媽媽在電話中，仍然是不服的語氣，再說兩句後就立即關機。她嘗試打到大衛上班的地方，但公司的人話大衛已轉了在家裡做自顧工。

她越想越不對勁，於是吩咐她的丈夫看顧孩子後，立即駛車到娘家。到了家後，見到母親哭得兩眼紅腫，立即跑入浴室裡拿出一條熱面巾替她抹面，李太見到女兒來到，哭得更利害。蓮達安撫完媽媽後，拿出電話，用短訊跟大衛聯絡。

@"大衛，無論發生甚麼事情，見字後，立即打電話來，我們擔心你。"

寫完後，她拿起媽媽抹面的毛巾，放回浴室內，當她出來時，很高興的見到大衛覆來的微博。

@"我無事，不用擔心。"

她立即告訴倚臥在沙發的媽。李太見到大衛傳來的短訊後，多日來的愁容一掃而清。蓮達繼續寫：

@"大衛，究竟什麼事令你，放下媽媽一個人在家。弄到她每日都擔心你而哭。"

一分鐘後，大衛回覆：

@"她應該知道是什麼事。"

蓮達寫：

@"無論如何，你都不應該不辭而別，"

大衛寫：

@"這是最好的方式，因為我不想每日都把自己鎖在房間內。"

蓮達望了她媽媽一眼，搖搖頭，繼續寫：

@"告訴姐姐，你打算怎樣做？"

大衛立即寫：

@"沒有用的，她不會接受我的要求。"

蓮達問：

@"你有什麼要求?。"

停了半分鐘，大衛再傳來：

@"我想和珍結婚。"

蓮達見到後，立即轉告她媽媽。李太聽完後，一手按着頭，另外一隻手，上下擺動。蓮達不明，李太輕聲說：

"唉！隨便他，我什麼都不理。"

蓮達立即走去拿起手機，寫：

@"媽投降了，她說隨你喜歡。"

大衛立即傳回:

@"謝謝妳，蓮達， I love you。"

蓮達問：

@"你們是否認真的？"

大衛答：

@"什麼？媽又改變主意。"

蓮達覆：

@"不，媽媽己入了房，我意思是，我們應該坐下來，認真的談論婚宴之事。"

大衛覆：

@"很好，不如今個星期去飲茶，我亦很久沒有去飲茶。"

之後，他們約定在這個星期日。這時，大衛從浴室出來，見到珍拿着他的手機，立即走過來問。

"為什麼妳拿着我的手機？"

珍笑着的將手機拿給大衛看。大衛一看手機內的通話，他緊張的說：

"噢！我的天呀？我是從來都不會這樣同他們說話的，噢！希望她們不會知道這是妳寫的。"

珍從床邊走過來，撫摸着大衛的肥肚，問：

"你不想和我結婚嗎？"

大衛吻了珍一下說：

"當然想，能夠娶到一個美麗的太太，是我的榮幸。"

珍俏皮的對他笑，大衛開心的把珍抱回上床。

周末在唐人街是很難找到停車位的，特別是在星期日的酒樓附近。大衛駛着車不停地在停車場內轉，蓮達在酒樓內等得不耐煩，忍不住又打電話去催他。

"肥仔，還是找不到位嗎？或者嘗試停在超市那邊。"

大衛答：

"No, 太遠了。"

蓮達即說：

"媽等得不耐煩。"

大衛答：

"那就叫媽媽先吃吧！不再跟你談，有部車準備離開。"

收線後，他將車駛近那部即將離開的七人車。車主人夫婦，正忙着抱孩子上車，待他們把孩子扣上座位的安全扣後才開動汽車離開。等待時，他望着珍說：

"妳覺不覺得妳穿的上衣，鈕扣做得太低。"

珍低頭望一望，然後淡淡的回答：

"可能今天太熱，我才選穿這件衣服。"

大衛笑着說：

"這個地方，冬天的時候很短，到了十二月份還是這樣熱。"

他停了一刻再說：

"不過老人家思想跟我們不一樣，我怕她見到會不高興。"

珍明白他的意思，於是立即在手袋內拿出一個胸襟扣，將低的位置扣上。大衛吻了她一下，珍報以微笑。在酒樓內，李太不滿的表情全顯示在臉上，特別見到大衛拖着珍的手在門口出現時。

蓮達見狀立即勸告她媽媽：

"媽，我很辛苦才能約到大衛出來，請妳不要給他們面色看，否則下次他們不會再來的，妳想飲新抱茶的機會也沒有。"

李太還是不服輸的對她女兒說：

"我才不希罕她給我飲的新抱茶，我肯定地說，如果她知道我死後一分錢也沒有留給肥仔時，她一定會立即離開大衛的。"

蓮達不服，反駁她媽媽。

"記否爸爸在生時，常常教育我們，不要用負面的想法來看待其他人。"

李太對女兒的話嗤之以鼻：

"我說的是事實，而且妳爸爸的想法，差點令我們的家拆散。"

這時，他們兩人已經拖着手來到。

大衛坐下來，見到一張枱上放滿了點心，而且大部分都是他喜歡吃的。特別是有兩份芒果布丁放在枱上，大衛見到自然是很開心。但覺得不安的是所有的點心都是未吃過的，於是他說：

　　"蓮達，我叫過你們先吃，不用等我。"

　　蓮達指一指正在飲茶的媽媽：

　　"你知媽媽的性格，她喜歡一家人齊全後才會開始吃的。"

　　這句說話令珍聽到後很開心，因為她覺得李太已將她視為自己人。待李太放下喝了半杯的茶時，她立即站起來，替李太將茶杯添滿。之後，在手袋內拿出二份小禮物，送給蓮達和李太。

　　"這些面霜，我覺得不錯，不太油膩，很適合你們用。"

　　蓮達道謝後，放在手袋裡，但李太郤只是將它放在一邊。蓮達不理會她的媽媽，只跟珍說話：

　　"珍，我猜妳平日很少到廣東酒樓飲茶。"

　　珍放下筷子答她：

　　"對，由於我和表妹都不知道如何在點心單上 order 食物，所以很小去飲茶。"

　　坐在李太旁邊的大衛，輕聲的同他媽媽說：

　　"媽，我想和珍結婚，可以嗎？"

李太裝作聽不見，拿起杯子飲茶，大衛見媽媽沒有反應，就垂下頭來。但最後她還是禁不住的問兒子：

"你們認識有多久？"

大衛揚起頭說：

"我七月開始認識她。"

李太搶着答：

"哼！才五個月左右，你敢講已經了解對方嗎？"

珍搶着答：

"伯母，我相信我們在這幾個月內都清楚了解大家。"

李太並沒有理會珍。她對着她兒子說：

"不要相信一見鍾情，這些都是愚弄那些年輕人的。"

大衛忍不住說：

"媽，信我的眼光，珍將會是一個好妻子，又是妳的好媳婦。"

珍亦加入說：

"我信我會是一個好妻子。"

李太仍是沒有理睬珍，只是同她的兒子說：

"婚姻並非全建設在愛情上，而且還看你自己的經濟。你不怕人家是為了你的家財，才肯跟你一起嗎？就算你是我的兒子，但我手握李家的財政，我有權將我家的財產分給任何人。"

平日乖乖的大衛，突然變得兇悍起來，竟然大聲的對他媽媽說：

"媽，究竟發生什麼事，原本大家是來談論我們婚禮的事，但為何轉談到我家的財產上。"

珍眼泛淚水的說：

"伯母，我對大衛是真心的，無論他是窮或是富，我仍是那麼愛他。"

大衛聽到後，緊握珍的手。但李太太面色轉紅，蓮達怕她出事，立即對大衛說：

"你知媽媽有高血壓，婚禮的事，留待第二天大家再討論。"

李太氣憤的拿起手袋，叫她女兒車她回家。蓮達不敢逆她意，匆匆的帶着她媽媽離開。酒樓內只剩下大衛和珍兩人，對着一大堆未吃完的點心。大家都沒有絲毫的胃口。大衛仍然猜不透箇中原因，酒樓內的客人見到珍在哭，以為她被大衛欺負。在此情況下，大衛唯有結帳，拖着珍離開。

———————

李太在女兒的車內説：

"蓮達，將車的冷氣關上。"

蓮達看一看空調，就對媽媽説：

"我沒有開冷氣，妳怎樣？是否肚餓？因為今天上午你什麼都沒有吃。"

李太用衰弱的語氣説：

"可能是我的血糖低，我感覺到有點暈。"

蓮達慌亂起來説：

"你早知自己血壓高，又有糖尿病，為什麼在飲茶時，不先吃點東西呢？"

蓮達見媽媽沒有回答她，祇是把頭躺在車位上的頭枕休息，於是她隨便找了一間戶外的咖啡店，安排好媽媽坐在路邊的鐵椅後，就入店內叫了兩杯熱朱古力和一些糕點。吃了一些糕點後，李太感覺比剛才好，拿着熱朱古力，她感嘆一聲之後説：

"你們兩姐弟定必是怪我太專橫，捧打鴛鴦。其實，唉！"

她欲言而休，令蓮達更想知道原因，隨即問：

"老實説，我覺得珍人品不錯，但我感覺到妳總是懷疑她。"

李太望了蓮達一眼，蓮達為怕再觸怒她，不敢再説話。

"女，妳記否在小學時，餐館請了一位女收銀員。"

媽媽突然一句說話，蓮達不知如何作答。

"媽，我們餐館經營了近 30 年，年中有不小員工出出入入。我那記得這麼久的事情。況且那時我還是讀小學。"

李太望着仍然冒煙的熱朱古力，腦袋中，過去的事，一一的浮現出來。看起來，她並沒有留意到女兒的答話。只是自己繼續說：

"記得那個女收銀員亦是從哈爾濱市來。蓮達，妳知道哈爾濱在那裡？"

蓮達答：

"我不知道哈爾濱在那裡。我祇是想知她漂不漂亮。"

李太不屑的說：

"呸！，她那裡漂亮，但是我不明白為何妳爸爸會喜歡她。"

這時，蓮達好像發掘出一個家庭大秘密一樣，變得八卦起來，立刻追問：

"這是什麼意思？我不明白，為何爸爸會喜歡那個女人。"

這一陣子，李太感覺到要將縛綁了自己多年的心鎖，坦蕩蕩的在女兒面前解開。她飲了一口熱朱古力後，慢慢的將杯子放下，側望着街道來往的汽車，沒有正視她女兒。一部部駛過的汽車將她帶回到二十多年前的回憶裡。

"當年，妳倆姐弟剛入學，我為了照顧妳們，就放下餐館的工作，請了一個從中國來的女收銀員來替我。不知她有何魅力能吸引到妳的父親。那時，每當我去學校接妳們放學時。你爸就靜靜的從廚房裡溜出來。"

坐在旁邊的蓮達 見到媽媽開始又想哭時，立即拿出紙巾給她。李太側着面，不想女兒見到她哭的樣子。但每當想到傷心處時，怎樣也無法強忍。蓮達沒有問，祇是捉緊着媽媽的手。

李太靜下來再說：

"開始時，妳爸爸借教導她如何運用那部古老的收銀機來親近她。"

說到這段時李太的眼神，突然變得兇狠起來，說：

"到了晚上，他待所有員工離開後，就開始教她如何結帳。我這樣笨的人，學上三天，已完全明白運作，但你爸爸卻要每晚留下來陪她結帳。"

蓮達很快的反應：

"有沒有弄錯？這樣簡單的加減數，當我第一天去餐館做時，爸爸一說我就明白。"

她再問媽媽：

"對了，妳又怎會發現呢？"

李太這時覺得自己找到了個知音，轉回頭，望着蓮達說：

"我還有一班老伙記，餐館裡發生什麼事他們都會來通知我。"

蓮達好奇的問：

"我想知，那時那個大陸婆是否已經結婚？"

李太點頭說：

"她告訴我，她有一個丈夫在中國，所以每月都要寄錢返中國。但很奇怪，我見到她用的手袋和手錶，由開始時用的平價貨，漸漸變成了名牌。"

蓮達插口說：

"我估這一定是爸爸送給她的。"

李太望了女兒一眼，但並沒有答她。然後繼續說：

"有一晚，廚房的梁伯打電話來，告訴我洗碗機的藥水已用完，明天要買，我問他為什麼不叫老板買，即你爸爸買呢？他說早兩天已通知過老板，但他老是忘記。蓮達 妳知嗎？當我知道該晚餐館因為沒有生意而早打烊時，我立即看手錶，噢! 那時已近 12 點，你爸爸還沒有回家，於是我立刻找了妳二姨來看管睡着的妳們。"

蓮達彷如記起那件事，說：

"噢！我記得那天晚上，我想上廁所時，見到二姨坐在我床邊，我問她，媽媽呢？哈！我忘了那晚她怎樣答，反正當我完廁後，上到床，她替我披好毛氈後，就關燈離開。"

李太沒有理會蓮達，啜了一口熱朱古力後，拿着杯自顧自的再說下去。

"當晚我返到餐館時，黑黑的停車場裡，祇有妳爸爸的小貨車，和那賤婦的車。 此時我控制着自己的情緒，靜俏俏的從後門溜進去。這時全餐館的燈已關掉，只剩下一盞近收銀處的燈還亮着。暗暗的角落處傳出陣陣的嬉笑聲，我終於忍不住，拿起我的手袋，向他們打下去，那個大陸婆嘗試用手擋着我的手袋，我於是用另一隻手打了她一巴掌。"

蓮達很興奮的叫：

"打得好！那麼爸爸呢，他怎樣？"

李太激動的將手拿着的熱朱古力杯大力的放下。

"哼！他不但不來幫我，反而要我向那賤婦道歉。"

蓮達附應說：

"爸爸真是太不該了，那你怎樣做？。"

"那我可以怎樣做？唯有衝出門，跑回家。那一晚，妳爸爸沒有回來，"

這時李太已哭得如淚人，咖啡店的員工跑了出來問發生什麼事。蓮達為免尷尬，立即帶媽媽上車，載她回家。回到家後，蓮達拿出一條熱面巾，替母親抹去臉上的淚水。然後對她說：

"之後，爸爸怎麼樣。"

李太沉默片刻，之後繼續說：

"那晚，他沒有回家，到早上，我載你們返學後，就駛車返餐館，在門外等他上班，打算跟他說明白。但他來到時，剛碰上其他員工亦陸續回來，妳爸爸叫我先返家，晚上再詳談。為免大人的事影響到小孩子，當晚我安排了妳們到二姨家中住了一晚。到晚上妳爸爸回家時，他什麼也沒有說，祇說了一句話後，就上了房。"

　　蓮達搶着答：

　　"我要離婚，不，應該是我們離婚吧！"

　　李太笑着搖頭說：

　　"不是，他說「我已解顧了她」。"

　　蓮達拍拍她自己的頭，說：

　　"對，如果當年妳們離了婚，今天我們就大大不同了，唉！為什麼我沒有想過呢？"

　　李太見到女兒做的動作使她笑起來，家裡的氣氛漸漸變得平和。

　　"那一晚，他和那個大陸婆到一間咖啡店談了一晚。她要求妳爸爸跟我離婚而去娶她。"

　　蓮達用卑視的語氣說：

　　"真的是不要臉，她是否忘記自己還有丈夫在中國。"

　　李太接着說：

　　"這種人為達目的，不擇手段，她告訴你爸爸，她與中國的丈夫沒有感情，隨時都可以跟她丈夫離婚。"

蓮達問：

"這是否爸爸告訴妳的？"

李太點頭回應。

"所以我反對大衛與珍結婚。妳知嗎？如果那個女收銀員成功地與妳爸爸結婚後，她就順理成章的做了我們餐館的老闆娘，之後慢慢會申請她的家人來美國，到時正如我們廣東人那句「客家佔地主」了。"

蓮達說：

"媽，我了解妳的心情，但妳不能將所有來自中國的人都看成自己想像的那般壞。同時，我有很多國內朋友，他們大部分都是十分友善，而且，今天的中國人不同以前了，他們都已經十分富有的。所以妳不要一枝桿打一船人。就像珍，她並非如妳所想一樣。"

李太猶豫一下說：

"我明白，但每次當聽到她們說話時，我就想起那個女人。"

蓮達隨着問：

"那麼大衛的婚事如何？"

李太望了她一眼說：

"什麼如何？"

蓮達答：

"我想知妳決定如何，贊成還是反對他們結婚，但我先告訴妳，如果妳仍然是堅持反對的話，我肯定妳將會失去他，妳的兒子將永遠都不會再來見妳。"

　　李太閉上眼，頭倚着沙發的靠背，沒有答一句說話。蓮達見媽媽沒有表示，唯有拿起手袋，準備離開。李太嘆了口氣後說：

　　"這可能是我家的宿命，唉！逃得一個大，小的還是逃不了。蓮達，大衛的事，妳來決定吧！我在世的日子比你們短，看不到你們的將來。不過告訴肥仔，這是他自己今天的選擇，如日後發生什麼不幸的事被我說中，叫他不要怪我。"

————

　　在城市的另一處，大衛與珍兩人瑟縮在沙發上。珍一直哭着都沒有停止過。大衛腦袋裏仍想着媽問他的問題。

　　"你們相識只是五個月，真的完全明白對方嗎？"

　　整個下午，他一直想着這個問題。突然他的手機響起，但他沒有去接，因為他知道，打電話來的定必是他的姐姐。最後還是忍不住，拿起電話。

"肥仔，Are you Okay?"

大衛無精打采的答：

"我 Okay，但珍仍然在哭。"

停了一下，他繼續問：

"媽好嗎？"

蓮達答：

"她好，沒有問題。"

問完後，大衛準備收線，但蓮達立即叫着他：

"肥仔，不要收線。你知嗎？剛才我和媽媽談了很久。"

大衛説：

"定必是談我和珍的事，對嗎？"

蓮達笑着回答：

"不，這是你永遠都會估不到的故事。"

於是她將爸爸的故事告訴給她的弟弟聽。大衛聽後，並沒有反應。蓮達訝異的問：

"肥仔，怎麼樣，你聽了後應該會是開心的。"

大衛沈默片刻，然後問：

"有什麼值得開心，因為媽始終都對來自中國的女人存着戒心。"

蓮達忙着解釋：

"媽媽慢慢會明白的，特別你是她最疼愛的一個。"

停了一刻後，大衛再説：

"媽媽的意思如何？我指我和珍的婚事，因為我決定如果她真的反對的話，我會不顧一切的與珍結婚。"

蓮達在電話傳出一陣開朗的笑聲。大衛聽到後不高興的説：

"我不是説笑的，請你們尊重我的決定。"

蓮達仍然在笑，之後她認真的對大衛説：

"肥仔，我亦是認真的，雖然我不是在美國出生，但我們的生活習慣同美國人差不多，不過，有一點，我仍然保持着的是中國人對婚姻的態度。我覺得婚姻是一生一世的事，特別是當我知道了爸爸的感情世界後，我深深體會到當兩人感情不穩時，很容易會抵擋不住外界的誘惑。"

停了片刻，她再繼續説：

"媽媽叫我處理，但始終我覺得你們認識的時間實在是太短。"

大衛知道他媽媽肯放手讓姐姐來處理時，他感覺到希望快出現，心情自然變得輕鬆起來，他很高興的對蓮達説：

"姐姐，相信我，我們是真心相愛的。"

坐在一旁的珍，見到大衛笑，立即走近他身邊，耳朵貼着手機，聽他們對話。大衛順勢把她攬着。蓮達學她媽媽的語氣説：

"肥仔，這是你自己的選擇，日後如果後悔的話，不要怪我這個姐姐。"

大衛連續的問：

"那妳意思是贊成我們結婚，是嗎？ Oh， you're so great ， I love you ，蓮達。"

他開心的吻在身旁的珍。

————

珍為了選一件合適的衣服去李家赴宴而緊張了幾天。最終，她接受蓮達的意見，當天只穿一套深棗紅色的西裝上衫，再配一條黑色貼身長褲，內套是一件絲質的紫色平領衫，沉實而高雅。

去到李家，珍隨即脫去上衣，跑到廚房，主動幫李太洗菜，而大衛亦跟隨着她，家中的廚房雖然大，但大衛不知道要做什麼，祇好站在中央，他不但是幫不上忙，反添廚房裡的阻塞。 這時剛剛門鈴響起，李太命他去開門。站在門外的是蓮達家人。她的小女兒躲在媽媽的身後，沒有望舅舅一眼，進入屋後立即跑到廚房抱着外婆。

這時蓮達亦跟進來，叫了媽，和珍一聲後，連隨拖着小女兒走出飯廳，她邊行邊問女兒，為什麼不同肥舅父打招呼。她女兒氣憤的説：

"肥舅父不再喜歡我了。他只喜歡珍姨姨。"

她剛説完，一隻肥大的手將她抱起，回頭一看，真的是肥仔舅父，他不停的吻外甥女的臉，弄到她大聲叫。蓮達轉身將女兒搶回來，小女孩在媽媽的懷抱內伸出頭對她的肥舅父做鬼臉。李太在廚房內聽到外面的嘈雜聲，她不但沒有生氣，而且在炒菜時亦笑着的搖頭。在廚房內，李太吩咐珍將湯煲內的湯盛出來，她亦乖乖的將湯一碗碗分妥。珍一邊做一邊問：

"伯母，這個湯很香。請問是什麼湯。"

李太答：

"這祇是普通的西洋菜湯。"

珍仍問：

"我覺得它很香。"

李太轉身過來問珍：

"妳見到裡面有什麼材料？"

珍將湯煲盛起來的湯料一一細看：

"除了西洋菜外，還有紅蘿白，蜜棗，但這個黑棕色的物品是什麼？"

站在她旁邊的李太笑着回答：

"這是曬乾的鴨腎，湯的精華和香味，都全賴它起的作用。"

珍明白的說：

"伯母，有時間，我想妳教我如何煮廣東菜，特別是大衛喜歡吃的。"

李太聽後笑着回答：

"肥仔什麼都吃，特別是炸的食物，不過我們的家庭醫生就勸他小吃點。"

之後再說：

"下次有時間，妳早點來，我們一起去市場買菜，我教妳如何挑選新鮮的食材。"

珍高興的在點頭。李太將最後一碟菜完成後，珍小心翼翼的拿出飯廳。當準備坐下來時，發現蓮達的小女兒小靜坐在大衛旁邊，幸好蓮達見到，立即去將她抱走，小靜當然是不高興，她扁着咀，李太見到這情形就對小靜說：

"小靜，到婆婆這邊坐，乖，來陪婆婆一起吃飯。"

小靜仍然有點兒不服氣，但見到媽媽用凌厲的眼神望着她時，唯有低着頭走向外婆的身邊去。飯後，珍主動的到廚房將所有的碗碟清洗，完畢後，各人都準備離開，但蓮達吩咐她丈夫帶孩子先走，然後輕聲的對大衛和珍說：

"媽想妳們多留一刻，可能有說話對你們說。"

大衛和珍心知是什麼事，這刻使他們更緊張。

大廳內沒有人説話，大衛忍不住的問：

"今天是否談我們的婚禮呢？"

珍拉一拉他的手，怕他直接的表達又會觸怒他媽媽。李太沒有任何表示，祇有蓮達好整以暇，她説：

"你們是否準備結婚？"

兩手緊握着的珍和大衛同聲説：

"對，我們準備結婚。"

蓮達繼續問：

"那你們一定是已經有了結婚的計劃。如什麼時候？將會邀請多少嘉賓等。對嗎？"

珍和大衛大家互望一眼，大衛笑着回答：

"我們打算找 Wedding Planner 婚姻籌備公司替我們安排的。"

蓮達聽完後沒有表示，之後問：

"那麼你們打算邀請多少客人？我指男方和女方。"

這時珍對李太説：

"伯母，我在這裡沒有什麼親人，大部分被邀請的都會是公司同事和我在美國的朋友。"

李太笑着答：

"那麼就容易辦了。"

跟着她望着她兒子説：

"肥仔，那你準備在那裡設宴呢？"

132

大衛興奮的回答媽媽：

"我與珍期望着有一個浪漫的婚禮，我想在 Galleria 的酒店內舉行，它們大堂的水晶燈全部都是在澳地利訂回來的，又大，又典雅。"

說完之後，他轉身與站着的姐姐說：

"或者，找一天我們和媽媽一起去看那間酒店和試試那裡的食品。哈哈，我不想學妳和表弟阿添一樣，在中國城內宴客。"

李太聽到後，表情嚴肅的問：

"肥仔，你猜你有沒有足夠的錢來支付？"

大衛傻更更的答：

"我們應該沒有問題的。"

蓮達忍不住的說：

"這是你們的婚禮，請你不要想靠家中的錢來付。"

大衛聽後，乞求的眼光呆呆的望着他媽媽。李太和蓮達一樣，認真的說：

"你不要寄望我能夠幫上你，因為爸爸的錢，他生前吩咐過，不能隨便動用。"

大衛立即問：

"什麼隨便用，我結婚是家中的喜事，如果他在世，我猜他定必會是很開心的。"

李太說：

"大衛，這是你的婚禮，如果你自己支付的話，我沒有意見，但是，如果你一定要我支付的話，我會在唐人街的珠江酒樓舉辦，因為上次你表弟結婚時，那處的經理，答應給我折扣優惠。"

大衛抱着他的頭說：

"Oh，No，not in Chinatown。"

他走近媽處捉着媽媽的手，用懇求的語氣和媽媽說：

"媽，妳知道我賺到的錢不多，而且，在酒店辦婚禮是我們的夢想，求妳不要逼我們到唐人街設宴吧！"

他捉着媽媽的手不停地左右搖擺，他的表情令到李太想起他在孩童時，求她買玩具的樣子，令她笑起來。大衛見到媽媽笑，他立即過去抱着她。自大衛長大後，李太很久沒有被兒子抱過，抱着肥胖的大衛，仿如抱回孩童時的感覺。

"好了，不要太孩子氣，媽媽祇是同你們開玩笑。"

站在一旁的蓮達亦笑着的走過來說。大衛放手後，李太仍握着他的手說：

"肥仔，你的要求我可以答應，不過我有件事，你們要答應我。"

大衛仍然笑着說：

"媽，你答應我們結婚和幫助支付我們的婚禮，我已經很開心了，所以妳將會有什麼要求，我都會答應的。"

李太聽大衛說完之後，很開心的說：

"那就好了，其實我祇想你們搬回家中與我同住。"

正當大衛打算點頭答應時，珍的手拉了他一下。一時之間，大衛不知所措，特別是察覺到，媽媽和姐姐正用嚴肅的眼光盯着他。這時沈默的珍說：

"我們租的柏文還有半年合約，如果我們毀約，要付一筆罸款，不如待我們完成了合約期才再說吧！"

蓮達見到她媽媽不悅的面色，立即對弟弟說：

"這是個小問題，罰款就由他們罸吧，如果你們不夠錢的話，我可以代支付，不過，這筆錢日後要還給我的。"

大衛與珍互望着，但當他們見到李太站起來，去回自己的房間時，大家都急起來。蓮達行到大衛身邊，用手拍打她弟弟一下。

"你們是否不想結婚？如果祇想兩人繼續住在柏文，算了，你們可以走。"

大衛忙於解釋：

"姐，我們不過是想多考慮一下，但如果媽媽一定要我們搬回家住，我們唯有接受她的意見。"

珍沒有說話，祇是拿開大衛握着的手。蓮達見他們同意於是走去媽媽的房間。不夠一分鐘，她帶着笑的出來，並告訴大衛，媽想見見他們。於是兩人立即從沙發站起來，三人一起走進李太的房。

近二百平方尺的主人房，凌亂的放滿了衣物和雜物，厚厚的窗簾，深深的顏色，加上床頭的燈，發出祇有 40 伏的微光。使到房間看起來更加陰暗。李太半臥坐在床上，她拍一拍床邊，示意叫他們坐下。記得在蓮達與大衛孩童時，每次見到媽媽拍拍床邊，兩人就連走帶跳的上了床。蓮達會攬着媽媽，大衛就在彈簧床上不停的跳，但今天，大衛與珍只是站在一旁。李太用腳輕輕的踢一下坐在床邊的女兒説：

"到我衣櫃拿出我的首飾盒出來。"

蓮達立即跳下床，走去遠角的衣櫃。打開後，熟練的在上方拿出一個黑色的首飾木箱出來。之後交到媽媽的手，李太用拇指推開那金色的扣。這是個音樂首飾盒，當木盒打開後，一個穿着白色芭蕾舞衣的木雕舞者，在一陣陣悦耳的琴聲裡不停地轉着舞起來。各人都被那舞者和音樂吸引，在不知什麼時候，李太在盒子內拿出一條珍珠頸鍊。她叫珍過來，然後幫她載上，珍穿着的紫色平領衣襯托着那條白色的珍珠頸鍊，真是美極。珍笑着的吻了李太一下。

"謝謝妳，伯母。"

蓮達在旁的插口説：

"珍，妳應該學我們廣東人一樣，叫她做奶奶。"

珍紅着臉，垂着頭，輕輕説：

"謝謝，奶奶。"

大衛開心的走過來再次抱着媽媽。李太吻完他們後就叫他們回家。大衛陪珍先出去,但記得姐姐沒有開車,回頭就對蓮達說:

"要不要我載妳回家。"

蓮達一邊穿鞋,一邊叫大衛在外面等她,因為她要先上洗手間。但當大衛和珍離開後,她靜靜的走回媽媽的房間。這時李太準備睡覺。

"哎!蓮達,為什麼還未走?"

蓮達坐在她床邊問:

"媽,我以為妳會送她的是那條古玉鍊,因為以前妳曾經說過,那條玉鍊是留給肥仔的媳婦。但為什麼會變成珍珠頸鍊呢?"

李太說:

"妳記得嗎?這是我們一家人去夏威夷玩時,妳爸爸買給我的。"

蓮達更猜不透:

"這樣有紀念的東西,雖說珍已經是自己人,但為什麼要送給她呢?"

李太苦笑一下說:

"開始時,我以為是一條,原來妳爸爸靜靜的買了另一條,送給那個女人。當我知道時,想立即將那條珍珠鍊掉去。後來知道妳爸爸已經和她分手後，我才保存到現在，但見到那條鍊，心中總是不舒服。"

蓮達明白後再問：

"什麼時候，妳才將那古玉鍊交給她呢？"

李太笑一聲後説：

"待她替我添一個肥仔孫時，我才送給她。"

蓮達聽到後，跟着亦笑起來。這時大衛在外面等得不耐煩，不停地響車的喇叭。蓮達 告別媽媽後，立即走上弟弟的車。

第十二輯
Chapter 12

由籌備結婚到大喜日子，李家各人都忙了大半年，特別是李家在這裏總算是顯赫一時，所以李太為了請客名單，每日都要與蓮達商量。而大衛整天都是陪着珍去挑選婚紗和訂做當天設宴時穿的禮服，為了訂做一件合身的旗袍，大衛陪珍跑了多次去三藩市找一個出色的做旗袍老師傅。對一個女性來說，能穿上一件白色長婚紗在教堂內舉行婚禮是人生一件極浪漫的事。珍雖然是再婚，但她仍然希望可以在教堂內結婚，這一點李家方面極力反對，特別是李太。她終於忍不住，問她的女兒。

"哼，這個女人，真是太過份，她要的我們已經盡量給她了。可能她忘記了自己是再婚的人，而且我們都不是教徒，憑什麼一定要到教堂內舉行婚禮呢？"

蓮達忙着安撫她媽媽：

"媽，算了罷，這個是小問題，而且我知道珍的第一次婚禮，只是在註冊後，當晚一家人在炳記吃一餐晚飯就算了。"

李太很訝異的說：

"什麼？唐人街那間炳記，他們最貴的一道菜都只是$10.99。哈！我估一圍菜一百元就可以結帳了。"

但無論如何，她最後都聽從女兒的吩咐，什麼事都不去理，由他們自己去安排，乖乖的做新奶奶。話雖如此，但她仍然很緊張，特別是在婚禮前的幾天。蓮達見到，帶着醋意的口吻對媽媽說：

"看今次妳對肥仔的婚禮有多緊張。哼，那年我結婚前的日子，妳還去餐館幫忙，對我一點關心也沒有。"

李太笑着答：

"那時妳爸爸還健在，何況婚宴又是在唐人街舉辦。不像今次，又要到教堂綵排，什麼時候行出來，用什麼步法行，我都被他們弄胡塗了。"

蓮達盯着媽媽說：

"重男輕女。"

————————

婚禮當天，李太一早與女兒到己約定的髮型屋做頭髮，剛做好，又跑去教堂準備。完禮後，跟據中國傳統一對新人要返家先拜拜過世的老爺和祖先。然後向新奶奶，姑奶，姑丈，阿姨等叩頭，這些儀式一 一都不能免。最後去到大酒店時，年邁的李太已經吃不消，不知是否緊張令到她的血壓升高，她總覺得頭很痛，於是就獨個兒坐在角落處休息。這時剛巧琪琪經過，她見到李太不適的表情，就走去問候她。

"李太太，妳是否不舒服，要不要我通知妳家人呢？"

李太搖頭的說：

"不用了，我休息一會就可以。"

琪琪説：

"我是學習護士的，如果妳相信我，我估我可以幫妳。"

琪琪見李太點頭後，就扶她坐得安穩，吩咐一個酒店員工拿一杯熱茶後，就對李太説：

"我懷疑妳的頭痛是太緊張了，我手袋裡有阿斯匹靈的止痛藥，你要不要？"

李太立即搖頭説：

"不，我對阿斯匹靈敏感的。"

琪琪知道後就走到李太坐的沙發椅子背後,開始用手替李太按摩頭部。琪琪不明的問：

"那麼，平日妳有頭痛時會怎樣做？"

李太苦笑的回答：

"唯有放下一切，躺下休息，通常過一個小時後，就無事了。呀！對，就是這個位置了，琪琪妳按得很好，多謝妳。"

琪琪笑着回答：

"不用客氣。"

李太閉着眼睛，頭靠在沙發椅上，琪琪輕輕用力的在太陽穴的位置上按。李太問：

"琪琪，妳的手勢如此熟練，定必是學校教的。"

琪琪笑着回答：

"按摩是我在中國時，我媽媽的好朋友教我的，因為我媽媽亦常常有頭痛，慢慢我亦學會。"

幾分鐘後，琪琪完成按摩，就陪李太到洗手間，細心的替她整理好蓬鬆的頭髮。離開洗手間時，琪琪一直扶着李太，這個行為令到李太十分欣賞這個年輕人。

"琪琪，妳真是一個好女孩，唉！我們李家沒有這個福氣有妳這樣乖巧的媳婦。"

琪琪並没有答話。到了晚宴開始時，李太還拖着琪琪的手，要她陪坐在旁邊。晚宴最後到了高潮，蓮達走過來拖她媽媽出舞池，與大衛跳當晚的第一隻舞。對很少出席這種場面的李太太，望見每個來賓將焦點放在她身上時，感覺得渾身都不舒服，很尷尬的跳了半分鐘後，就將兒子交給站在前列的新娘子。珍含着笑握着大衛的手走到舞池，而請來表演的樂隊見這對新人開始跳舞時，立即改唱另一首歌曲，一個綣髮的黑人女歌手，用極柔和的聲音唱出 *Whitney Houston* 的名曲 *I WILL ALWAYS LOVE YOU*。

祇見一對新人在舞池擁抱着，羨煞多少到來參加婚宴的來賓。直到歌手唱完，再開始唱另一隻歌時，才有些年輕的男女進入舞池，熱鬧的舞起來。嘈雜的音樂聲，李太太的頭又再次痛起來，她想叫蓮達戴她回家，但見到蓮達夫婦正抱着小靜一起跳着舞。坐在她身邊的琪琪，見到這情形就主動的載她離開。

第十三輯
Chapter 13

雖然是一月初，但南部的天氣仍然是很和暖。當李太進入琪琪的車廂前，琪琪立即用一條大毛巾遮蓋着座位的破裂部位，之後才讓李太坐進去。

琪琪難為情的對李太太説：

"真抱歉，要妳坐這部爛車，"

她一邊開動引擎，一邊解釋説：

"它外觀雖然是破舊，不過機件還走得不錯呢。"

李太笑着，拍了她的手一下，説：

"小妹妹，我和大衛的爸爸初初來到美國時，也是什麼也沒有，到了儲夠錢，就買下餐館用來送貨的小貨車，那部小貨車 很髒，他們用餐堂的舊椅子上的坐墊套在爛的坐位上，而且 那部小貨車是用手排檔的，我們從來沒有接觸過汽車，所 以大衛的父親在放工後，跟一個懂得駕駛手排檔的同事在餐 館外的停車場裡學習。不過，他很聰明，一個晚上，他已學 曉如何操控它了。 哈哈！看起來，妳這部車比我們當年那部爛貨車，不知好多小倍，起碼，你的車還有空調，你都知道，這個城市的夏天是何等酷熱的，如果是沒有空調，爬入車廂內，就如爬入焗烤爐一樣。"

琪琪再次不好意思的答她：

"伯母，對不起，這部車的冷氣亦壞了，我想現在是冬天，還可以，但到了夏天時，我一定要把它修理好。"

李太忍不住的問：

"這部車是什麼年份。"

琪琪答：

"1998 。"

李太即時説：

"我家有部凌志，如果妳不介意舊款的話，我以便宜的價錢讓 給妳。反正，它停泊在車房內，機件還保存得很好，"

李太再説：

"這是我先生生前和我一起用的車，自從他去世後，我亦很小用，大部分用車時間大衛和蓮達都會來車我。"

李太停了一會再繼續説：

"美國人送東西給別人時，會考慮到對方的感受，因為怕別人誤會是看不起對方。所以，我會給一個妳可以應付的價錢。"

然後問：

"那麼妳可以給我多少呢？"

琪琪毫不考慮的説：

"如果我説 2 千元可以嗎？"

李太立即回答：

"可以。"

這個答案令琪琪又驚又喜，她記得在車行買她現在的爛車時，亦要花上 5 千元。所以她真的不敢相信李太會接受他的價錢。但考慮到現存的錢已不多，如要從銀行戶口取出 2 千元，那真的是所餘無幾。內心的茅盾，使她回絕李太的好意。

琪琪說：

"李太，謝謝妳的好意，雖然我知妳給我一個很便宜的價格，但我不想另外再拿一筆錢出來。"

————

這時，車子已到達李太家。她堅持的要琪琪進去看她的車。打開車房門，內裡除了放置一些雜物外，還有一部鋪滿灰塵的房車，琪琪呆呆的望着那部房車。款式雖然是過時，但它那弧型的邊角，深深吸引着琪琪。所以當李太交給她車匙時，她不自覺地去打開車門，車門打開時揚起的灰塵，使她揮了幾下手將它撥開後才坐入去。李太見到她的表情，知道她一定是喜歡的，於是叫她試開。雖然她始終都沒有膽子去試駕它，但仍忍不住，將車匙插上，一扭，< 胡胡 > 一陣清爽，低沉的聲音，使她放膽的用右腳踏了一下油門，一種強而有力的聲音，刺激着她身體的感觀細胞。 微白帶點藍光的車板，使她不自覺的上下撫摸。李太見她如此喜歡，鼓勵她開出，試駕一段路，但始終，琪琪還是放棄。

"伯母，這部車實在是。"

她擦了一下手，微笑的對李太說：

"它正是我的 dream car，我夢想的那部車，但，我總覺得無功不受祿，你的好意，我真的很感謝。"

說完後，依依不捨的將車匙交回李太。李太隨手接回那條車匙。但見到她仍然在考慮，李太笑笑的對她說：

"妳覺得如何？如果不方便，妳可以月付給我。"

琪琪，想了一想之後說：

"伯母，待我回家想想後才答覆妳，好嗎？"

回家後她立即打電話向她表姐求借。

"我剛從酒家回來，已經累得半死了，妳還來問我借錢，沒有呀!"

珍的回覆令她很失望。

———————

第二天，她放學後，琪琪跑去近學校的一間房子裡扣門。開門的是一個老翁，他見到琪琪來到，十分開心的開門請她進來。

"琪琪，很高興再見到妳，怎樣，妳考慮答應來幫忙嗎？"

琪琪回答：

"我想知姚老太，是否仍需要人照顧呢？"

那老翁愁着臉的答：

"是，找了很久都找不到一個理想的，政府派來的不是黑人，就是墨西哥婦人，我們的英文又不好，很難與他們溝通。就算我肯自費，識說中文的，又厭我們住得太遠。所以，我覺得妳是最好的人選。"

琪琪説：

"對，你家很近我學校，我可以放學後，到來照顧姚老太，不過，我祇能做星期一至星期五，價錢我要求是 500元一個月，如果可以的話，我下星期一開始。"

姚先生聽到後，有點兒為難，因為他每月從政府收到的退休金不多，但顧於自己年邁不能照顧他的太太。最後還是接受琪琪的條件。琪琪離開姚老伯後，立即打電話給李太，同意買下她的舊車。

第十四輯
Chapter 14

一個星期後，珍與大衛從夏威夷渡蜜月歸來，李太為了做一餐美味的晚餐，一早就開始準備。琪琪是當晚最後一個到的，她放下外套和背包後，與坐在客廳的表姐打招呼，但珍祗是揚一揚手後，就繼續跟坐在她身邊的蓮達介紹夏威夷的美麗風光。而小静伏在舅父的肥肚上，不過，大衛並沒有理她，只是望着珍和握着她的手。琪琪感覺無意思，唯有走入廚房內幫李太忙。當所有餸菜準備好後，她們才慢慢放下相簿，走到飯廳吃飯。坐在琪琪身邊的珍，敷衍的拿出一小袋開心菓交給她。並説：

　　"這是夏威夷的特產，很好吃的，大衛在飛機上吃了一大包。哈哈！"

　　她説完之後，轉頭跟其他人談話，再沒有理睬她的表妹。蓮達用羨慕的語氣跟珍説：

　　"妳們真幸福，可以到夏威夷渡蜜月。"

　　珍好奇的問：

　　"那妳們沒有去渡蜜月嗎？"

　　蓮達聽到後，現出一副怨恨的眼神，盯着假裝低頭吃飯的丈夫。然後説：

　　"我們在賭城訂了一套蜜月的旅程套餐。"

　　珍隨着問：

　　"這是否全部都包含。"

　　大衛回答：

152

"除了看表演和賭錢外，機票，住酒店和吃三餐都全包。"

蓮達放下筷子，眼睛仍然盯着她丈夫，說：

"幸好是包酒店和三餐膳食，否則我們要露宿街頭了。"

珍更加不明白。大衛忍不住的指向他的姐夫笑着說：

"哈哈，他去到拉斯維加斯，第一天就將帶來的錢全輸乾。"

蓮達繼續說：

"原本想去看表演的，唯有在酒店內看電視。"

李太最後都替她女婿說話：

"不過，話雖如此，從那時開始，他再也不敢去賭博。"

蓮達還是不服氣的說：

"他還敢去賭。"

珍見到蓮達的丈夫可憐兮兮的吃他的飯，亦笑起來。飯後，當大家吃生果時，李太問大衛：

"肥仔，我想將爸爸的舊車賣給琪琪，好嗎？"

大衛正吃着珍為他剝的橙。回答說：

"如果賣給別人我就不贊成。"

他望着珍笑着說：

"但賣給琪琪，我無問題，不過，這樣久沒有開動過，怕內部零件會有毛病。"

這時琪琪立即回應：

"這個不用擔心，我有些朋友，他們可以幫我檢查和維修的。"

但珍不屑的搶着說：

"妳的朋友我全都認識，修理汽車經驗他們祇是略懂一些皮毛。唯一比較做得好的是小張，但聽說他的野馬還未修理好。"

琪琪很不服氣，表姐竟然在眾人面前奚落她的朋友，正當想反駁她表姐時，李太從房間內走出來，聽到她們兩表姐妹的對白，立即說：

"不用擔心，我已經找了車廠的師傅替它檢驗過，一切都無問題，只是換了些小零件而已。"

她說完之後，就將車匙交給琪琪，然後對她說：

"修車師傅說，它現在好像新車一樣，妳可以安心駛它回家。"

琪琪拿過車匙後，走去擁抱李太，酸着鼻，說了一聲：

"伯母，多謝妳。"

琪琪想多說幾句客氣的說話，但感覺到眼中的淚水開始想湧出來。於是跟隨着他們走到車庫去，車庫內的雜物依舊是東歪西倒，但有部擦得亮麗的白色房車停泊在一旁。大家見到琪琪喜悦的表情，不禁面露微笑，只有是珍，她木木的面孔，站在大衛的身邊。琪琪，坐上車廂後，小心翼翼的開啟機件，然後慢慢的將它駛離李家。

當車停在交通燈前，她再忍不住，將車駛進電油站內。待車停好後，她開始哭，幸好當時己是晚上，電油站內的客人稀少，所以沒有人留意她。哭泣完後，她拿座位旁的紙巾，用力的將淚水和鼻水噴出來。全部釋出後，她心情感覺得異常輕鬆，開始唱起歌來，她一邊將車駛離電油站，一邊唱歌。

各人走後，珍與大衛入到房間休息。珍心中仍是不解，為何李太會對琪琪那麼好。待大衛從浴室出來時，她問：

"為何你們會將爸爸留下的車賣給琪琪。"

大衛不加思考的答：

"這部車雖然是爸爸留下，但生前，他返餐館都喜歡駛他的小貨車。放假時，我們多是用七人車到唐人街飲茶。何況，現在大部分時間它都是停在車庫內。"

大衛望見他太太不明的表情，就笑着對她説：

"這個解釋你接不接受，如果想明白多點，最好明天妳去問我媽媽。"

珍盯了他一眼，不悦的語氣説：

"我才不會去問你媽，我不想自討沒趣。"

然後去吻大衛，說：

"坐了一天飛機，我很累了，大家早點睡罷。"

大衛關燈後，亦上床去睡。燈雖然已經關掉，在漆黑中，珍腦袋中仍猜想着，大衛媽媽是否刻意使她知道，仍然未能得到奶奶的信任。

第十五輯
Chapter 15

相處好，同住難，這是廣東人口中常説的話。特別是大家住在同一屋簷下時，婆媳之間的衝突會特別多，最常見的多是在膳食方面。

"老公，可否叫你媽媽煮餸時多放點鹽，因為味道實在是太淡了，可以説是全無味道。"

每次吃完飯，回到房後，珍就開始埋怨。

"你知嗎？自從與你結婚後，我已瘦了 5 磅。"

大衛摸着珍的頭説：

"親愛的，請告訴我，如何能可以在這麼短的時間內減去 5 磅，哈，如果真的話，我想減去 50 磅。"

珍聽到後，打了他一下，説：

"就是吃你媽媽每天做的餸菜。"

大衛嘻皮笑臉的説：

"妳開玩笑，看看我一身肌肉，知道這全賴我媽媽的飼料所賜。"

珍忍不住的笑：

"什麼飼料，你當自己是隻豬嗎？"

大衛見到太太笑，他亦笑起來。之後，他很正經的對珍説：

"因為媽媽她有血壓高，和糖尿病，所以不能吃太濃味的食物。"

珍反駁：

"哼!只因為醫生認為你和她的血壓，血脂高，所以味道上要加緊控制。但我的血壓，血脂都正常，為什麼，要我跟你們一起吃那些淡如水煮的餸菜。"

大衛聽完後笑着說：

"哈哈，這是莊醫生吩咐我的。但我卻是一個最不聽話的病人，從來都沒有依他的話去做。看看我，沒有戒口，沒有減肥，但身體是依然那麼精壯。"

說完後，現出一副猥瑣的表情，珍知道他的想法，沒有理會他，打開電視，獨自觀看中文臺的節目。大衛見她沒有回應唯有陪她看那些他聽不懂的中文電視。

————

一個沒有去正視的問題，祇有令問題更加加深。珍與她的奶奶，雖然沒有正面衝突，但不時都會出現令大衛難堪的事情。

最常發生的是，當李太準備好所有餸菜時，他們會打電話回家，告訴她，晚上不回來吃飯。而最令李太氣憤的是，珍有一天回到家時，手拿着一紙袋漢堡包，直入自己的房間，然後在房內吃。李太忍不住的對她兒子說：

"肥仔，你老婆實在太過份了，如果不喜歡回來吃飯，早點通知我，免我準備這麼多的餸菜。"

大衛一邊吃，一邊安撫他媽媽。

"哈，有我在那怕會浪費食物呢？"

李太依舊是不高興，

"我不是介意食物浪費，只是不喜歡你妻子的行為。令我感到她很不尊重我。"

大衛忙着替他太太解釋：

"媽媽，不要多想，珍不是不尊重妳，祇是覺得妳煮的菜不合她的口味而已。"

李太仍然是不高興。大衛突然湧起了一個念頭，就對他媽媽說：

"媽，我有一個提議，不如我們這樣做。在平常的日子裡，妳負責我們的晚餐，周六，周日，我們不用上班時，就由我們煮，珍做的菜真的是不錯的。這樣妳可以不用每日都要做餸菜，可以休息兩天。"

李太聽後立即搖頭：

"不成，她們北方人的飲食習慣與我們廣東人不一樣，他們的餸菜都是味濃帶辣的，我受不了。"

最後大家都沒有達成共識。這件事當然令珍十分不滿，她忍不住的對大衛說：

"親愛的，不如我們搬到其他地方住，好嗎？"

大衛很不自在的答：

"我知妳與我媽媽不能相處，但我們在婚前，曾經答應與她同住時，她才肯給我們錢結婚的。"

珍幽幽說：

"早知如此，我寧願不要那隆重的婚禮。"

大衛望着她說：

"妳一直希望能有一個豪華的婚禮，不想好像第一次結婚時那樣寒酸。"

珍狠狠的盯着他說：

"那你是怨我嗎?。"

大衛嚇得低下頭，不敢再望他太太。停了一頓後，珍變得無奈的說：

"那你要我住在這裏多久呢？唉！我真的受不了她的怪脾氣。你已經30歲，還是結了婚，但她仍然當你是個孩子一樣看待。而且最近，她，常常忘東掉西，找不到時，還誣告我，我當然不服，但當她一聽到我的反駁時就開始發脾氣。"

大衛抱着她說：

"這個亦是我所擔心的事，因為我們的家庭醫生告訴我，媽有初期的老人失憶症。所以要我們多點陪她。"

沒有辦法之餘，珍唯有是強忍。所以珍有一次見到琪琪時，就向她吐苦水。珍以為琪琪會說些安慰，或是一些鼓勵的說話。但琪琪祇是低着頭吃她的午餐。離開前，琪琪只是在停車場對珍說：

"我下星期會返哈爾濱。"

珍問：

"妳不是剛去過嗎?。什麼事令妳又要返中國呢？"

琪琪冷冷的回答：

"有些事要辦。"

珍繼續問：

"妳會去多久？"

琪琪想一想再說：

"大概二，三個星期。看辦的事情進展速度。"

說完後，大家沒有說再見，就各自駛車離去。在駕車回家途中，珍想起在進餐時，琪琪出奇不意的一句話，問得他無言以對。

"妳是否真心的愛妳丈夫？"

她一邊駕駛着，一邊問自己，是否真的是喜歡大衛。開始時，大衛的富裕家庭經濟是她考慮與他一起的誘因，特

162

別是經歷過跟她前夫的挫敗。但慢慢發覺到，他的人品，性情與學識都令她欣賞，記得曾經有一個長輩對她說：

"嫁就是要找一個他愛妳多過妳愛他的男人。"

她終於想到答案了，珍越想越高興，不其然在車內大叫：

"我找到了。"

———————

珍已經很久沒有到唐人街吃她喜歡吃的油條，豆腐腦和燒餅等早點。在星期日，她準備去時，但大衛對她說：

"媽媽今早煲了粥，和炒妳喜歡吃的豉油皇炒麵。不如下星期六，我才陪妳到唐人街吃早點，好嗎?。"

珍聽完後，氣得立即走回房裡。到了吃中午飯時她還未肯出來。留在房的珍，突然聽到電話鈴聲。她看一看來電顯示，發覺打電話來的是蓮達。

"珍，麻煩妳替我們開門。"

珍出到大廳，發現電視的高音量，使大衛聽不到門鈴聲。

但最奇怪的是，當她開門時，站在門外的竟然是琪琪，她腳邊放着一箱箱的行李。珍好奇的問：

"臭小妹，妳是否在中國花光了錢，回到美國後，沒有錢交租，被屋主趕了出來。"

這時大衛亦從屋內走出來。他聽到站在琪琪身後的蓮達叫他：

"肥仔，快來幫忙，將這些皮箱搬進媽媽旁邊的客房處。"

弄到一頭霧水的珍，望着丈夫將琪琪一箱箱的衣物搬進入屋內。珍拉着想進入屋的琪琪問：

"小臭妹，誰讓妳搬來的。"

琪琪沒有理她，撥開珍的手，笑着臉向飯廳走去，並與坐在飯桌的李太打招呼。蓮達見到珍疑惑的樣子，笑着的對她説：

"今次你們要多謝琪琪。"

蓮達的一番話令到珍更加迷惑。她唯有靜心下來聽蓮達解釋。

"有一天，我在唐人街超市買貨，剛巧遇見琪琪，原來她剛從中國回來，當她問我有沒有認識一些便宜的出租房間時，我靈機一觸，想起你們曾經説過想搬出。但如果妳們真的搬出去，那誰來照顧媽媽呢？時間現在剛剛好，琪琪如果肯搬進來，她可以代你們來照顧媽媽，更何況，她是學習護士課程的，這個更讓我放心。開始時她不答應，因為覺得責任很大，但我開出的條件，令她不能抗拒。"

珍隨着問：

"什麼條件？"

蓮達笑着回答：

"除了不收屋租，不用還我們車的供款外，另外每月我們再給 她一千元，作為照顧媽媽的費用，妳說她怎麼會拒絕呢？"

珍聽完後，很高興的問：

"那麼奶奶，她同意嗎？"

蓮達指一指坐在客廳的媽媽和琪琪，見到她們開心的談着話，珍更安心。從此以後，珍對琪琪的態度變得和善起來。

第十六輯
Chapter 16

春天如一個害羞的少女，翩若驚鴻，一瞥間就急急的躲回四季裡。讓自私的夏天，不顧民意，搶先來到。珍和大衛搬進他們的二人愛巢後。她感覺到猶如一隻小鳥，再次飛翔在自由世界裏。大衛亦很疼愛他的妻子，為免她太操勞，每日放工後都會到唐人街買他們喜歡吃的小菜回來。

　　"親愛的，妳有否想過辭去在化妝店的工作呢？"

　　大衛一邊吃飯，一邊對他太太說。

　　珍望了他一眼說：

　　"我知你可以養活我，而且我賺到的錢又不多。但是，如果要我一個 人每日都是呆呆的坐在家中，我真是受不了。但如果我去上班，還可以和同事或者客人聊天，最開心的是，跟客人談話時，能夠說服她買我們的化妝品，那一種成功感，比賺那些少得可憐的佣金還開心呢？"

　　大衛一邊聽她說話，一邊用猥瑣的語氣，笑着問：

　　"那麼，如果有了小孩子，你就不會感覺得悶了。"

　　珍把他貼近的面推開，然後用筷子夾了一件甜酸肉放在大衛的口。之後問：

　　"這是那一間買的甜酸肉，做得這麼差。"

　　大衛一邊吃，一邊說：

　　"在竹園買的。我覺得他們做的甜酸肉是全市最好的。"

　　珍用不屑的語氣，對大衛說：

"呸，他們利用那甜酸的味道將那又乾又無味的豬肉蓋起來。"

大衛望着他太太，無言以對。

珍繼續説：

"好，明天我放假，我就做一味我家鄉絕佳的鍋包肉給你吃。"

大衛笑着點頭。

───────

為了做一頓美味的鍋包肉，珍一早跑到相熟的超市，在肉類部買了一磅，半肥瘦的梅頭肉，及其他配料。回到家後，就開始準備。單是做出她心目中的甜酸味道已弄了整個下午。當大衛回到家時，見到珍躲在狹窄的廚房裡，炸油爐的高溫，弄到她滿頭汗水。大衛摺起恤衫的衣袖，準備在廚房內幫忙，但珍把他推離廚房。

"廚房是我們女生的世界，男生是在外面賺錢的，不是入廚房。"

大衛坐在桌子上，前面放的是一碟色澤金黃，狀似廣東人吃的甜酸肉，但甜酸肉的醬汁是紅色的。他禁不住的用筷子夾了一塊吃，外脆內軟的肉，包在甜酸可口的醬汁裡，使他再夾了第二，第三塊吃。當珍拿出另外一碟炒好的菜到飯桌時，那碟鍋包肉只剩下半碟。她笑着問：

　　"怎麼樣？你覺得你們廣東的甜酸肉好吃，還是我做的鍋包肉好吃。"

　　大衛立即舉起拇指説：

　　"我的老婆做的菜是世界上最捧的。"

　　珍望着他貪咀的笑臉，亦笑起來。吃完飯，他們習慣站在小陽台上，欣賞社區的花甫。這時在花甫內有兩隻小貴婦狗，跟隨着女主人在花甫裡遊玩。夕陽的餘暉散佈在每朵花上，使人感覺到很平靜。此時，珍很感觸地説：

　　"如果時光能停下來的話。我想它永遠停在這一刻。"

　　身後抱着珍的大衛亦説：

　　"我都想，永遠都是這樣不用上班。"

　　珍聽到後，微笑不語。大衛想了一下再説：

　　"永遠都不用洗澡。"

　　珍聽後，立即轉身，打了他一下，現出一副討厭的表情。

　　"想臭死我嗎？你不可以不洗澡。"

　　大衛笑着回答：

"NO，不是我不洗澡，我說是妳不用洗澡，那麼我可以常常嗅到妳身體發出的迷人香氣。"

"亂說。"

珍仍然是不斷的打他。這時大衛放在飯廳的手機響起來，於是他立即走去拿起電話，說了幾句後，他就掛電話。

珍問：

"誰打來？"

大衛將手機放回衫袋後答她：

"是姐姐打來，她餐館上午有事，要我明天先帶媽媽去檢查身體。"

珍緊張起來，問：

"什麼事要見醫生？"

大衛安慰她：

"不是有事，祇是普通的身體檢查而已。"

珍繼續問：

"那要不要我一起去?"

大衛回答：

"隨便妳，自從琪琪搬到我家住後，姐姐說媽有了她的照料，精神比以前還好，這個使我們更加安心。哈，我們應該請她吃頓飯。"

珍盯了他一眼說：

"她已經不用付租金，而且你們還有錢給她。她好好照顧你媽是應該的。"

大衛聽到她嚴厲的語氣，亦不再跟她討論。

─────────

那天珍沒有上班，跟着大衛陪他媽媽去見醫生。到達診所後，她坐在外面的候診室外等，並沒有跟隨他們進入診療室內。在醫務所診療室裡，莊醫生見到大衛隨即問：

"肥仔，很久不見，你看起來又肥胖了。"

大衛跟莊醫生握手時答：

"也不算很久，幾個月前你和你太太亦有來參加我的婚禮。"

莊醫生打一下自己的頭說：

"哈！真的是想不認老也不成。這般近發生的事也會忘記。"

剛坐下來的李太說：

"我何妨不是一樣。以前的事歷歷在目，反而剛才發生的事情，卻立即忘掉了。"

莊醫生望着大衛說：

"我們來參加婚禮的事情你還記得，但我吩咐你減肥，小吃重口味，小油小塩的事你卻忘得一乾二淨。"

大衛尷尬的笑着，不知如何作答。這時李太見縫插針，立即説：

"我估自從他們搬離後，每天都到處亂吃東西。"

大衛立即回應：

"媽咪，我們大部分時間都會在家煮吃的，祇是在周末時才到餐廳吃飯。"

這時莊醫生示意他們停止爭議。靜心的替李太診斷。之後，望着大衛説：

"你媽媽的血壓依舊是高，這個可以繼續服藥控制，但是，我估她的腦退化症有徵狀轉壞，你要多抽一些時間去陪她。"

大衛連忙回答：

"現在陪媽的是我太太的表妹，她是個修讀護士的學生，所以我們很放心。"

李太聽見後説：

"她真的很乖，除了照顧我之外，還替我清潔廚房和其他地方。哼！比起他的妻子，吃完飯就立刻躲到房間裏塗指甲，家中的事不聞不理，我覺得自己反成了她的家傭。"

這時，莊醫生已經完成了檢驗，就對大衛説：

"拿這些到樓下化驗所，這是給你媽媽做檢驗膽固醇和其他用的，不過。"

醫生變得嚴肅的對大衛説：

"你下次來取媽咪的驗身報告時，我想替你檢查一下。"

大衛不明究竟，於是説：

"莊醫生，我想，我健康上沒有問題。"

醫生一邊將李太驗血的紙交給大衛，一邊説：

"你剛才進來時，我看到你紅着臉，呼吸急促。我提議你還是給我檢查一下吧！"

莊醫生見大衛猶疑的面孔，繼續笑着説：

"我會在兩年後退休，肥仔，就讓我多賺點退休金吧！"

珍雖然沒有跟他們進入診療室。但李太在簡陋的診療室內與莊醫生的對話，使坐在外面等候的她聽得很清楚。她當然是不高興，回到家後她對丈夫，説：

"我不過祇是有一天因為斷了指甲而要回房修理，我打算修理好後才去清洗碗碟。哼！她竟然每次都對別人説我的不是，實在是太可惡了。"

第二天早上，大衛的手機響起來。聽完電話後，他問正在穿昨天買回來的新高跟鞋準備上班的太太：

　　"我和姐姐中午會陪媽媽去律師事務所，你會來嗎？"

　　珍立即回答：

　　"我不想再聽妳媽媽在別人面前評論我，而且今天店裡小了一個人上班，我不想請假。"

　　但當她穿好鞋，準備離開時突然轉身問大衛：

　　"你媽為什麼今天要到律師事務所？。"

　　大衛答：

　　"自從上次帶媽媽去體檢，莊醫生告訴我們，媽媽的腦退化現象變得嚴重之後，她開始覺得不安。為怕日後腦細胞全部壞掉時，連我們都忘記。所以她想仍然是清醒時，將爸爸分給她的物業轉回到我們。"

　　珍聽到後，立即將穿上的高跟鞋除去，選了另外一對舊的平底鞋穿。她見大衛用不明的眼神望着她，於是解釋說：

　　"我覺得，穿這對平底鞋，行起來，舒服得多。況且我估今天化妝店的生意，兩個員工可以應付了。"

　　大衛再問她：

　　"妳的意思是今天可以與我們一起去律師事務所嗎？"

　　珍笑着點頭。

來到律師事務所的大廈時，珍有意無意之間都伴隨着她奶奶。事務所的律師將己準備好的文件放在桌子上，然後慢慢的解釋給李太和她的兒女知。

"李太，根據妳的指示，妳將會在百年歸老後，將李先生的遺產全數交給李先生的兒子和女兒。不過在妳在世期間，妳仍然是李先生全部遺產的監管人，對嗎？"

李太示意明白後她就在俗稱「平安紙」上簽了名。當她簽完名後，珍緊張的臉才鬆弛下來，帶着微笑的望着大衛。離開事務所大樓時，大家都沒有説話。在電梯內，珍笑着的對李太説：

"奶奶，這幾天，肥仔晚上都有咳，我知妳們廣東人煲的湯，可以治療咳嗽的，妳可否教我如何去做呢？"

李太望了她兒子一眼，摸一下他的臉，疼愛的語氣對大衛説：

"唉！我叫你們每個星期日都回家飲湯，但你總是推三推四。"

大衛不顧旁邊的人，撒起嬌來擁抱着媽媽。李太轉身對珍和説：

"你們今晚到我家吃飯，待我煲一個肥仔喜歡飲的瘦肉雪梨，萍果，南北杏湯。"

跟着對蓮達説：

"待會打電話給妳老公，叫他放工時，帶小靜一起到我家吃飯。唉！我們已經很久沒有聚在一起吃飯了。"

晚餐後，珍洗完碗碟，就走回客廳與他們一起坐，剩下的清潔工作就交給琪琪做。蓮達笑着的對大衛説：

"肥仔，下個星期是春假，Spring break，我們想帶小静到迪仕尼世界玩，你可否代我去打理餐館，就是一個星期而已。"

大衛仍在考慮。小静用祈求的眼神望着他，但大衛沒有答覆，小静叉着腰對他説：

"肥仔舅父，如果你不答應幫媽媽，我會永遠都不會理你。永遠，永遠都不理你。"

珍見到小静可愛的舉動，亦笑起來。

蓮達再問：

"考慮成點？只是一個星期而已。"

大衛用工作來作擋。

但他姐姐立即反駁他：

"你現在做的是自由工 freelance，喜歡什麼時候上班都可以，又或者你可以帶你的工作到餐館做。"

小静拉着肥舅父的手，現出一個令人感動的樣子對他説：

"肥仔舅父，Please，我真是很想去，Please。"

大衛仍在考慮，因為他有一個大的工作，要在下星期完成。蓮達見弟弟沒有反應，就轉去問珍：

"珍，據説以前，妳亦曾經在餐館工作的。"

珍答：

"那衹是剛來美國時，做了二個月帶位。"

蓮達好像找對了人，很高興的説：

"那就好了，其實妳不用做任何事情，衹是看管着他們工作，對，妳今日的身分是老闆娘，各人都會聽命於妳。"

珍仍是不想答應。

這時李太插口説：

"那妳就答應她吧！反正妳在化妝店做的工，可有可無。不如到餐館學習一下，妨且這是我們自己的餐館。"

珍聽到後，雖然心中千百個不願意，但口中還是答允。小静見到她點頭，開心的從肥舅父的懷中，走向珍處，不停的吻她。各人見到都哈哈大笑。

———————

家裡的牆鐘响了兩下，大衛抬頭一看是中午二時。正當他準備將計算好的數據存到電腦裡時。他的電話響起來。這是珍打來的。

"親愛的，你可不可以現在來餐館？"

珍急促的聲音，使他立即放下手頭的工作，飛快的去到餐館。這個時段，剛是過了忙碌的午膳時間，餐館內衹有幾枱客人。但大衛進入餐館時，卻見不到他的太太。在銀櫃的收銀員，告訴他，老闆娘在房間裏。這個更使大衛不安，他估珍可能偷偷的在房間裏哭。但當他打開門時，見到珍坐在椅子上，面對一樽樽不同顏色的指甲油。

"老婆，發生甚麼事，要我立即來。"

大衛不明原因的問。

"我覺得很悶，明天可不可以不再到這裡呢？"

珍懶洋洋地說。大衛祇覺得啼笑皆非，之後問：

"是否今天生意差，而令到你覺得悶呢？"

珍望着剛塗了的指甲說：

"也算是不錯，客人差不多坐滿餐堂。"

大衛隨手打開電腦，看看今天午餐的營業額。當他見到螢幕的數字時，使他大驚的叫：

"我的天，究竟發生了什麼事？"

珍沒有望一眼，依舊繼續塗另一隻指甲。

大衛忍不住的問：

"為什麼你說很忙，但是電腦顯示器的營業額祇有 $679 元，這部電腦是否出現問題。"

珍轉頭望着大衛說：

"我真的不了解你們的美國人，這本來是微不足道的小事，他們竟然可以無限地放大。"

大衛聽她說了一大堆話，仍然是不明：

"親愛的，這與營業額有什麼關係？"

珍答：

"今天有一個白人女性，她告訴我，在她的餸內有一隻還在動的小蟑螂。我一看，媽的，我們家鄉的蟑螂，最小還比它大。"

大衛問：

"那妳怎樣辦？"

珍毫不掩飾的直說：

"我隨手拿出來，見它還在動，我立即掉在地上，用鞋將那隻小得如蟻后的傢伙踐死。"

大衛抱着頭說：

"Oh my God，妳怎能這樣做？對，那時小林在嗎？他在這裡是做得最長日子的，他可曾幫妳。"

珍知道自己闖了禍，低下頭輕聲說：

"當時，那個女人不知道為什麼會變得那麼暴躁，其實，在國內，這種做法是最普通，但小林聽到那個女人說將會打電話去衛生局時，他立即叫我免了她的餐，但我覺得她像個來討便宜的人，跟她說了幾句，這時她更暴躁。"

珍的音調漸漸的從高轉成低。

"後來，聽小林的話，將她的餐免去。"

突然，珍又激動起來。說：

"媽的，其他的客人聽到食物內有蟑螂時，都投訴覺得不適，有些更大聲說，要到醫院檢查。"

大衛終於明白：

"那妳就全部給他們免費了，對嗎？"

大衛見到珍不開心的樣子，亦不忍心責怪她。珍不安的眼神看着她丈夫：

"我是不是很笨？那我明天不再來了。"

大衛立即抱着她，安慰說：

"親愛的，這件是小事，不要難過。Ok，明天起，我每日都會來陪妳，好嗎？"

然後吻了珍的臉。

———————

在第三天，大衛完成客人的工作。準備出門時，對珍說：

"上午我要交貨給客人，可能中午才到餐館，如果有什麼事，找小林幫忙。"

吻了珍後，就離開。誰知，未到中午，大衛的手機又響起，正如他所料，又是珍打來的。幸好，客人很滿意他的工作，大衛收了客人付的支票後，就匆匆的駕車離開。入到餐館，一陣陣使人嘔心的惡臭味道，從下水道湧出來。站在遠處的珍見到她丈夫進來，以為是來找她的，於是立即走了過來。但大衛要找的是小林。終於在茶水間，見到小林，他正蹲着整理那些雜亂的水杯。

"小林，你有沒有找通水渠的師傅來？"

小林見老闆來到，立即站起來，説：

"已找到，但他要 5 時後才能到。"

大衛不明的問：

"這個城市，只得這一個通渠師傅嗎？"

小林忙着解釋：

"不，袛是他才知道如何修理。"

大衛仍然是不明。

小林繼續説清楚：

"這幢建築物，已太久了，地下的渠道，差不多隔一個月，又再次淤塞。"

大衛問：

"為什麼？"

小林答：

"可能是部分的地下渠道已斷，而這個師傅他知道從那個角位去通，所以每次我們都是找他的。"

大衛仍然是不明：

"為什麼不去徹底地修理好呢？"

小林答：

"這個是大工程，師傅說，可能要関上二，三天門，將餐堂中央地方鑿開，再換上一條新的渠管。"

大衛嘆了一聲說：

"讓姐姐回來後，我要好好的和她談談。"

之後大衛繼續問：

"現在怎樣辦？"

小林答：

"在他來之前，我們己打開了後門的渠口，讓污水流出後街。"

大衛說：

"那就好，不過你們快一點清理好餐廳內的污水。"

祇見他們互望着，並沒有行動。大衛想命令他們去做，但小林輕聲的說：

"這清潔的工作，一向都是老闆娘自己做的。"

雖然他說得很細聲，但站在大衛後面的珍亦聽到。她驚訝地說：

"不，我是不會做的，讓蓮達回來做吧！"

其他的員工聽到後大聲笑起來。大衛無奈地拿出20元給做洗碗的荷西，叫他盡快處理。

第十七輯
Chapter 17

初夏的一個晚上，大衛告訴珍：

"你知嗎？今天我和一個客人到中國城吃午餐。嘩！真的是不相信，他們的中午的特價餐，真的是很便宜，我和他叫了三個小菜，連小費，都是 20 元。而且還很美味。"

珍問：

"是那一間？廣東菜或是湖南，四川菜。"

大衛鬆鬆肩膀，答：

"我攪不清楚，什麼是廣東菜，四川菜或是和岩菜。"

珍笑着更正他：

"是湖南，不是和岩。那麼，你們叫了什麼小菜。"

大衛像一個沒有温書的學生，對老師的提問露出一臉尷尬：

"嘻嘻！今天不是我付錢，所以我不知他叫了什麼餸，不過有一個餸，相信比妳做的還好味，我很喜歡，星期六讓我帶妳去嘗嘗。"

珍不服氣的問：

"這會是什麼菜令你這個大老爺如斯欣賞呢？"

大衛聽不出珍帶着醋意的說話，他答：

"像一塊四方型的豬肉，上邊是肥肉，下邊是瘦肉，肥美而不膩，加那帶着甜味的黑色醬油，唔…真令人回味無窮。"

大衛一邊說，一邊閉着眼，現出一副貪咀的表情。這個表情令珍啼笑皆非。她想了一想，答：

　　"我知，這個一定是「東坡肉」。對嗎？"

　　大衛答：

　　"可能是，但聽妳的口氣，一定是知道如何做的。"

　　珍露出一個驕傲的表情說：

　　"有什麼菜能難倒我。"

　　大衛半開玩笑的說：

　　"廣東菜呢？"

　　珍凶凶的盯着他說：

　　"如果我肯跟你媽學，我保證做得比她做的更好味。"

　　大衛知道她開始不高興，於是改變話題說：

　　"我知妳對烹調很有天分，所以我想試試妳做的東坡肉。"

　　珍搖頭不語。大衛追着問，但珍仍然搖着頭說：

　　"你今天才吃過，太肥膩了，或者到下星期才做。"

　　大衛不服，說：

　　"大小姐，那些特價午餐這樣便宜，份量當然是少的。唉！一碟裡祇有三塊，我是陪客，那敢吃二塊呢？"

　　珍見到他那張可憐的面孔，繃緊的臉亦笑起來。

　　"好，明天我放早，就讓你知道，究竟這道菜誰家做得好。"

187

大衛開心的擁着妻子吻，珍用力的把他推開。

　　　一味好吃的東坡肉，要有足夠的時間去預備。所以珍下班後立即跑到超市。當晚，到了進餐的時間，珍還在廚房裏忙。雖然晚餐的時間比平日遲了半小時，但大衛還很有耐心的等待。菜終於做好，珍將一碟碟的放在枱上，大衛笑着的用筷子將剛做好的東坡肉放到咀內，見到大衛吃得滿咀都是油的咀臉，珍不其然的笑起來。大衛仍然不斷地吃。

　　　"唔！親愛的，妳做得實在太好吃了。"

　　　珍聽到丈夫的讚美，心中當然是很高興。但見到他實在吃得太多，想制止。但記起年幼時，家鄉適逢旱災，很多村民都因飢荒而餓死。所以村民們相信，寧願做一隻食飽死的鬼，也不願做一個餓死的人。一碟肥美的東坡肉，大衛不消十分鐘就全部吃光。並且吃得汗流浹背。在珍收拾碗筷時，他偷偷的在雪櫃裡拿出一瓶冰凍的啤酒，然後坐在客廳，一邊觀看電視轉播的球賽，一邊飲他的啤酒。對大衛來説，能亨受到愛人做的美食，喝一枝冰凍的啤酒，再欣賞自己喜歡看的球賽。真是最美好的人生。但突然間，大衛覺得心如被一隻手抓着，抓得很緊，抓到他氣也喘不過來，連手拿着的啤酒也拿不住，跌落在咖啡枱的玻璃面板上。啤酒瓶擊着玻璃面板時發出了尖鋭的破碎聲，令躲在廚房裡洗碗的珍立即停了下來，走出客廳，看看究竟發生了什麼事。當她出到客廳時，見到大衛半臥在沙發上，面孔像被人扭曲了一邊，在口角的唾液，不斷的流出來。在她不知所措時，蓮達剛打

188

電話到來，珍好像黑夜裡見到曙光一樣興奮。蓮達知道後，立即叫坐在她旁邊的丈夫打 911。然後，冷靜的在電話裡吩咐珍：

"珍，不要太緊張，妳可曾記得上次帶他去見醫生時，莊醫生曾給了他一盒舌底丸，對，是，對，小小的，白色的，對。那妳就在救護車抵達前，先餵他服二粒，對，記得要將藥丸放在他舌底下。明白嗎？那就好了，快一點。"

————

在醫院內，李太不停的哭泣，珍默默的握着大衛的手，不時拿出紙巾抹她紅腫的眼睛。大衛經醫生搶救後病情已經穩定下來。蓮達不時安慰她的媽媽，但是李太凶狠的眼神，一直盯着珍，用廣東話對她女兒說：

"唉！肥仔總是不聽我的話，叫他不要娶這個劏豬櫈。"

蓮達不明什麼是劏豬櫈。

李太解釋說：

"這是我們廣東人形容那些命硬的女人，嫁給誰，誰就糟糕，丈夫會被他剋死的。"

蓮達立即停止她：

"媽，不要提這些無稽的傳言，如果被珍聽到，她會不高興的。"

李太不屑地説：

"我懶理她，她最好求神拜佛，保佑肥仔康復。如果肥仔不幸不能好的話。"

李太忍不住又哭起來。

待她抹完眼淚後，繼續説：

"她休想在我處拿到一分錢。"

————

炎熱的夏天，慢慢遠去，新來的初秋，替每塊樹葉，油上了金黃色，而愛靚的楓葉，披上自己選擇的紅色。一夜之間，城市各處瀰漫着金秋的氣息。珍如常地每日到療養院探望她的丈夫。大衛最開心的是見到太太，每日都來扶他到療養院裡的花園散步。踏着飄落在地上的殘葉，發出啪啪的碎葉聲音，珍喜悅地説：

"親愛的，見到你康復得那樣快，我很高興，但你一定要聽這裡的工作人員吩咐，依物理治療師的指示做運動。知道嗎？"

大衛聽後，望着珍點頭傻笑。

珍不理他的表現，命令他：

"告訴我，你明白。 對，大聲說出來...你 明 白...對。"

大衛雖然大致上已經康復，但還要用拐杖來幫助他，而最大不便的是他說話仍然有問題，所以每日，院方都派來一個言語治療師來幫他康復。

"珍，果然在這裡找到你，我今早給妳電話，但妳沒有接。"

蓮達急促的走到來，語氣中帶有焦慮，珍心中預感到可能會有些不祥之事發生。

"對不起，可能我在廚房裡做菜給大衛吃時，聽不到電話鈴聲，有什麼事？"

蓮達停下來後說：

"媽媽昨晚上廁所時跌倒。"

珍隨着問：

"琪琪不是看顧着她嗎？怎會是如此大意的。"

蓮達忙着替琪琪解釋：

"琪琪雖然是睡在隔壁的房間，但事件發生時是在深夜。幸好，她聽到媽咪跌倒，立即打電話給我。"

珍繼續問：

"嚴重嗎？"

蓮達坐在弟弟旁邊的木椅上説：

"還可以，帶她去醫院照過，慶幸沒有大礙，只是手腕的骨有些小裂，待下午再去見骨科醫師時，才知情形。"

珍嘆了一聲説：

"奶奶沒有大礙就好了，唉！最近家中常常有事發生，明天我要去寺廟替他們祈福。"

蓮達拍拍她的手，然後説：

"今早送媽咪去醫院時，我覺得，媽咪的狀況越來越差，我們又不能長期照顧她，我今次來是想和你們商量，要不要送媽去療養院，那裡起碼 24 小時都會有人看護着她，你們贊成嗎？"

珍問：

"其實我們可以請一個職業的護理員來陪她，因為始終我覺得送她去療養院，她會不開心的。"

蓮達亦覺得有道理。

"珍，妳説得對，好啦！明天讓我到介紹所找一個護理回來看護她。"

大衛雖然說話有問題，但聽覺仍然很好，他聽到媽媽的情況，心中很難受，但礙於自己的身體狀況，又不能做任何事情，使他更覺不安。蓮達見到弟弟的表情，亦明白他心底裏的感受，於是走去抱着他說：

"不要擔心，我們會好好的照顧媽媽，你早點康復，與我們一起來照顧媽咪。OK。"

她強忍着淚水，說完之後吻弟弟一下後就離開。

找了二個星期，蓮達仍然未找到一個合適的人來照顧她的媽媽。最後找到了一個來自廣州的中年婦人，做了三個月，她誠懇的工作態度令蓮達很滿意。但琪琪對她很有意見。

"蓮達，不是我疑心，我總覺得服待妳媽的阿姨，她在妳們未到前，常常呼喝李太，這是我幾次放學進門時見到的，就如昨天學校考試，我比平日早了回家，見到妳媽媽一個人呆呆的坐在客廳看電視，而那個阿姨，鬼鬼祟祟的從李太的房間出來，最詭異的是，當她見到我時，立即將手上的東西放在袋裡，所以我總覺得她有點問題。"

謠言一次未能盡信，但這是琪琪第三次向蓮達投訴的。在第二天，她刻意吩咐那個做護理的阿姨到唐人街替她買一隻燒鴨。待她走後，就與琪琪一起進入李太的房間。蓮達自小在媽媽的房間內出入，所以那一個角落放什麼東西，她都瞭如指掌。

"噢！我的天。"

當她打開媽媽的手飾箱，雖然內裡放的介指，金鍊等仍在，但那一塊李太打算日後送給珍的古玉卻不知所蹤。蓮達立即跑出客廳問她媽媽。

"媽，有沒有見過妳打算送給珍的古玉。"

李太祇是呆呆的望着她，之後，沒有理瞅她，繼續看電視。蓮達忍不住的罵：

"這是爸爸刻意留給媳婦的，但媽媽妳總是懷疑珍的結婚動機。好啦！現在想送時卻被人偷了。待她回來後，我會好好的問她。"

站在一旁的琪琪說：

"這都是我們猜測的，如果她真的是有心偷的話，一定不會承認。"

蓮達聽到後，從手袋裡拿出手機，想報警，但琪琪立即阻止她：

"蓮達，沒有證據下，警方都不能將她拘捕。"

蓮達越想越生氣，說：

"算了，那塊古玉我不打算追究，但她對我媽的態度，我一直在懷疑。"

這時琪琪走到李太旁邊，出奇不意的卷起她的衣袖，軟弱的手臂裏，現出一塊塊黑色的瘀青。蓮達見到，差點哭出來。琪琪按着她的肩膀說：

"我明天會有一個最後的考試，考完試後我可以全日的照顧李太。"

蓮達聽到後，現出一個感激的笑容，説：

"那就辛苦妳了。"

這時餐館的電話打來找她。之後，她匆匆的離開。離開前，她放下一張支票給琪琪：

"琪琪，我要急於回餐館，請代交這張支票給那個女人，這是她本星期的工資，我不想再見她，不論妳用什麼理由，叫她明天不用再上班。"

————

早上 7 點 45 分，蓮達丈夫準備送小靜到學校，而仍然在睡的她，手機突然響起，蓮達一看，是琪琪打來的。對方焦慮的語氣，嚇得她立即醒過來。

"蓮達，妳可不可以來看看李太，她剛才又跌倒，但我今天要趕着返學校考試，這個考試對我是十分重要的。我已經扶她坐在椅子上，但她一直叫痛，今次我怕她是跌碎了骨。"

蓮達掛起電話後，立即叫她丈夫先車她去媽媽的家，小靜亦隨着他們一起去。到了媽媽的家，她立即開門衝進去，小靜好奇的亦追着她，爸爸想拉着小靜已太遲了，祇有跟着她走入屋內。而在屋內蓮達嗅到濃濃的煤氣味，她急步的走到廚房，入到廚房裡面的煤氣味更加濃厚，蓮達立即用布掩着口鼻。當她見到媽媽伏在地上時，她變得緊張起來，大聲狂叫：

"媽。"

在這時，她慌亂到不知如何去做，連基本的安全意識也忘記了，只是潛意式的去開抽氣機，希望抽氣機能將廚房內的煤氣抽走。誰知當抽氣機啟動時，機內馬達擦起的火花，立即燃點起屋內的煤氣。"轟隆"一聲巨響，整間屋瞬間爆炸起來，爆炸引起的火花隨即燒遍了這間屋。可憐蓮達三人被埋葬在火海裡。到消防人員到場時，這所大屋已燒毀了一半。

大衛與珍接到警方通知後，立即趕去，到達時，祇見到四具燒焦的屍體，放在大門前。大衛見到，雙腳一軟，跪了下來，珍扶起他，帶着流淚的丈夫，一拐一拐的走進入大屋裡。

整間屋大部分都被烈火燒毀，四面的牆壁已經煙燻成黑色，將昔日的 色彩全部掩蓋。大衛想走上二樓，看看他的房子，但消防人員以安全理由，拒絕他上去。消防局查出爆炸的初步原因，是廚房的爐灶，被煮沸的水弄熄了火之後，煤氣仍然不斷的湧出，而引起這場爆炸事件，在爐灶上有一個燒焦，還盛着麵條的鐵鍋。這時，琪琪亦從學校趕回來，她飛奔的進入屋內。警員知道她是最後一個離開這房子的人，立即跟她取進一步的資料。

驚魂未定的她，詳細說明今早發生的事：

"今天我離開時，如常的煮了一份麵給李太太做早餐，因為李太有老人腦退化病，而受顧來照顧她的阿姨又辭了工。所以暫時由我來看着她，但今天學校要考試，而我又急於要離開，所以祇有打電話給她女兒，叫她來餵她媽媽吃麵。誰知…嗚，她竟然在女兒來之前自己動手開火來煮食。。。"

警方抄下資料後就離開，而大衛一直在哭，珍緊握着他的手，流着淚陪他。琪琪安慰了他們幾句後，就問珍：

"表姐，我可不可以到妳家住幾天？"

珍含着淚的點頭。

———

過了一個星期，籠罩着李家的愁霧漸漸散去，今天，大衛連同珍和琪琪，返回燒焦的舊屋，看看還有什麼仍未燒毀的東西。琪琪首先走入自己的房間，尋找屬於她的物品。而大衛將房間內一堆堆的相簿，兒時玩的變型金剛的塑像，和獎盃等一一放在盒子內，準備帶回家。珍溜入奶奶的主人房，看還有沒有些貴重首飾仍在她的房間內。在燒焦的睡床下，她發現有一個中型的鐵盒，當她想打開來看時，聽到大衛叫她走，於是她急急的拿着那個鐵盒上車，一起帶回家。

―――――――――

雖然大衛偶爾亦會睹物思人，但悲創的心情亦慢慢平伏下來。晚上，吃完飯後，大衛問正在看電視的珍：

"到現在我還是不明，為什麼那天早上，蓮達一家人會去媽媽的家。"

珍冷冷的答他：

"你忘了嗎，那天警方問琪琪時，她說因為要趕返學校考試而沒有時間餵奶奶食麵，才叫蓮達去代勞。"

大衛仍是不解：

"這麼小的事，何用一家人去呢？更何況那天小靜還要上學。"

珍不耐煩的答：

"我怎知道？警方已證實是奶奶自己開了火煮麵，因為火開得太大，而令沸滾的水滾起蓋過爐灶的火，而令到煤氣不斷流出。"

大衛問：

"何解我媽又會伏在廚房內？"

珍指指在廚房內洗碗的琪琪，然後說：

"問她罷！"

一向冷漠的她，竟然主動地答：

"我猜想，伯母，可能是聽到鍋煮的水沸聲音，而急着入廚房，入到廚房後被沸騰濺出的水滑倒在地而跌昏。"

這時她已完成了廚房的清潔工作，之後，關上廚房燈，準備入房休息，但突然，她記起了一件事情。轉回客廳對大衛說：

"肥仔，今天莊醫生打電話來，提醒你明天上午去覆診。"

珍斥責琪琪說：

"臭小妹，肥仔不是妳亂叫的，一點禮貌也沒有。而且他病後，體重已減了很多。"

她一邊說，一邊撫摸着丈夫結實的胸膛。大衛露出一個驕傲的笑容。琪琪沒有理會他們，走回自己的房間裏。當大衛與珍準備出門時，琪琪不知什麼時候，亦跟着他們。然後說：

"可不可以順道車我去唐人街。"

珍不明的問：

"我們今天是去見醫生，不是到唐人街飲茶。"

琪琪不耐煩的答：

"我知，但是，我今天不想開車。"

脾性溫和的大衛當然是沒有問題。

"來罷，反正妳去的地方，跟我一樣。"

珍不服地說：

"但我陪他見完醫生後，還要上班。"

琪琪諷刺的對她表姐說：

"妳丈夫將會承受一筆大遺產，妳很快就不用再工作了。"

珍想反駁她，但這時大衛的車已駛來。當汽車駛進唐人街後，琪琪沒有下車，跟着他們到醫務所裡。

珍望了她一眼，問：

"妳不是在唐人街約了人嗎？"

琪琪沒有望她一眼，坐在診症室外的椅子上，隨便的答一句：

"還早。"

珍再沒有理會她，拖着大衛進入診症室。

莊醫生對大衛的康復很滿意，還稱讚他的努力。坐在大衛旁邊的珍驕傲地對醫生說說：

"莊醫生，我每日都做他不喜歡吃的菜，他最討厭的是吃三文魚，但我不理，強迫他吃。哈，醫生，我是不是一個壞妻子。"

莊醫生聽到後豎起姆指，大讚她：

"妳這樣做都是為了他的健康。哈，我猜妳都不想做寡婦。噢！對不起，我又亂説話。"

珍並不介意説：

"無關係，反正奶奶已經入土為安，我覺得家中的惡運已走光了。"

這時，坐着聽他們説話的大衛伸頭到莊醫生耳邊，説了幾句。莊醫生微笑的話：

"無問題，但僅記，不要太激動。好啦！你們可以走了。"

然後站起來送他們出診室，臨道別時，輕拍一下大衛的背，笑着説：

"Enjoy it！"

走出醫務所時，珍仍想知，究竟他們兩人説什麼。大衛不顧琪琪在，對他太太説

"我問他，我可不可以和太太做愛，他説當然可以。"

珍聽後，紅着臉打他：

"先弄好身體才説罷。"

琪琪不理會他們，自己跳入車內。送完珍返店後，琪琪叫大衛車她去一間中成藥店。車停泊在店外，這時琪琪抱着肚說：

"大衛，可否幫我一個忙，我很肚痛，可否替我進去買這個成藥。"

大衛尷尬的問：

"這是否女孩子的藥?。"

琪琪痛苦地點頭，但見大衛的表情，她再次求他：

"Please ，我真的很需要。"

大衛經不起她的要求，勉強的拿着琪琪寫的中文藥名進入店內。

店員看過藥名後，望向車內，見到琪琪一個女生坐在裡面，然後微笑的轉身到房內，半分鐘後，就交給大衛。大衛在車內，不斷地埋怨。琪琪祇有是笑着道歉。

———————

吹着口哨，大衛披着浴袍，從浴室出來。見到太太仍在客廳與琪琪看電視，他靜靜的行到珍身後，吻了她一下，輕輕說：

"我洗完澡，等妳。"

之後，他昂着頭，用輕鬆的步伐走回自己的房間。

"嗯，嗯。"

坐在床上的大衛聽到有人在外輕輕敲門。他知道一定是琪琪，因為珍還在浴室裡洗澡。於是他走下床去開門，見到站在門外的果然是琪琪，她手拿着一杯茶，大衛遠遠的聞到茶帶着濃厚的中藥味。他正在猶疑時，琪琪做出一個俏皮的表情，說：

"這是表姐做的。她要你將它喝光。"

這也是大衛第一次見到琪琪俏皮樣子。雖然沒有珍做得那麼可愛，但太太的心意他完全領悟到。大衛聽完琪琪的說話後，毫不猶疑的將它喝光。不久之後，珍從浴室裡出來，長髮的髮端還滴着水。房間裏的燈，被大衛調降至昏暗的亮度，而唱機亦播放着一首首柔和的樂曲，使這房間瀰漫着濃濃的浪漫氣氛。

珍假意的想離開，說：

"我想到廚房取水飲。"

這時這刻，大衛那會讓她走，他立即從床上跳下來，將珍抱起。並說：

"我們房間的小型雪櫃內有樽裝水。"

珍假裝爭扎，試圖擺脫大衛，但最終她被丈夫征服了。浪漫的音樂配合着珍甜美的笑聲，使大衛更加起勁。他覺得自己整個身體都注滿了力量，這是他婚後第一次感覺到有如此強勁的力量。連他的心臟亦配合加速跳動。幾分鐘後，他身體開始冒汗，口乾。心臟突然像上次一樣，覺得又一次被人用手抓緊，而今次扭的力道比上次還強。最後他停止活動，整個人昏倒在珍的身上，口裡還吐出一堆白泡。這時嚇得珍大叫，匆匆的穿回衣服，跑出客廳，叫琪琪進來幫助。

琪琪見到一個半裸的大衛睜着眼睛，口腔內吐的白沫，浸濕了床單的一角。珍嘗試去拿舌底丸給大衛服，但琪琪認為作用不大，反對她這樣做。她變得不知所措。唯有打 911 叫救護車來。待救護車來到時，珍的丈夫已經是返魂無術。警方到場後，初步懷疑這事件與藥物濫用有關，於是他們將琪琪和珍拘禁，並在家裡搜尋證物。

————————

在警署內，警方一再追問，在房中搜出來的違禁催情藥物來源。

"李太太，我想知，妳丈夫平日有沒有服用此種藥物的習慣。"

珍驚訝的見到枱上放的成藥，她一再拿起看盒子上的中文翻譯。然後搖頭答：

"對不起，我從未見過他服用此藥物，更加不知道他什麼時候買。"

另外一個女警進一步的問：

"他平日的表現如何？我指在你們性生活上。"

珍含羞的答：

"還可以。"

警方不明的問：

"我想知他性交時的表現。"

珍沒有答，只是含羞帶淚的搖頭。

警員又問：

"那麼，今晚他的表現如何？有沒有比平日好？"

珍垂着的臉，開始點起來。女警員隨着問：

"這是因為妳想他有好表現，而替他買來用的，對嗎？"

珍聽到後，立即抑起頭說：

"警長，我從來是沒有着意他有沒有好表現，而且，我真的不知他會買這個用，更加不知他從那裡買？"

警方仍然不相信她的說話。

"李太太，在我們未查明這藥物在那裡買，或是誰買之前，警方會暫時拘留妳。因為這可能是一件意圖謀殺案。妳明白嗎？"

珍已是六神無主，唯有默默的跟着那女警，到拘留室去。

經過連日調查後，終於在城中的唐人街，找到賣此催情藥物的中成藥店。經證實，那天是大衛一個人拿着寫了中文藥名的紙來購買的。那賣禁藥的店鋪當然是被扣查。

而珍亦被釋放回家。

第十八輯
Chapter 18

沒有親人，朋友或是鄰居來參加大衛的喪禮，部分親友只是送上花牌，以示慰問。靈堂上，有一班寺廟請來的法師，替大衛頌經。珍獨個兒呆坐在一排排空洞的木櫈上。望着丈夫的靈照。突然，琪琪急促的從旁邊走過來，對珍說：

"表姐，好像有人進來拜祭肥仔。"

珍回頭一看，是標和仙蒂夫婦，隨後的是上次去玩激流時認識的波比。珍見到他們，淚水又湧出。仙蒂抱着她安慰說：

"真是不幸，珍，妳要堅強下去，否則肥仔在天之靈亦不會開心的。標的媽媽今天沒有來，因為她們認為白頭人送黑頭人是不吉利的，特別是妳們家中這個月連續發生了太多不幸事件，所以沒有來，請原諒。"

珍聽後，祇是點頭示意。標和波比亦走過來安慰她。一個在殯儀館工作的小工，為賺點零錢，到靈堂來幫忙打點，他殷勤地點了幾枝香，打算遞交給來賓。但被波比和標夫婦拒絕。

"對不起，我們是教徒。"

小工忙着收起那幾枝已經燃點着的香。然後說：

"沒有關係，請大家到靈前向先友鞠躬。"

鞠躬完後，他們沒有離開。葬禮完畢後，還陪珍到墓園，直到大衛入土後。這時珍已哭得像個淚人。回到家後，珍呆坐在化妝檯前，望見自己的容貌，沒有化妝下，臉色明顯的蒼白。她想塗上些胭脂。突然間，她伸出雙手，把化妝櫃上的化妝品全部掃了落地。一些蓋不緊的指甲油，跌落在地氈上，飛出去的顏色染得地氈一班班。在房間外的琪琪，聽到聲音後，立即衝入珍的房內。入到房間時，見到地上全是珍的化妝品。珍望著鏡子，對自己說：

"嗚，我再化妝得多美也沒有人欣賞了。嗚！為什麼我的命會是如此差呢?。"

琪琪沒有去安慰她，轉身將房門關上。然後回到自己的房間，房間內已放了兩箱行李。她隨手拖着那兩箱行李，離開珍的家。

沒有道別，沒有告訴她表姐，她會到那裡去。

————

由於大衛的死，有很多疑點，所以珍遲遲都未收到那份死亡證書。最後，警方還是相信他是自服過量興奮藥物而死的。差不多近半年，珍把自己困在家中，沒有上班，沒有去找朋友。而在美國的唯一親人亦不知去向，她變得沈默起來。一個微寒的早上，珍拿着丈夫的死亡證書來到辦理李家遺產的律師樓。

由於上次她陪李太到來，所以他們都認識，珍是李太的媳婦。
她有禮貌的跟律師說：

"你好，我想問，我家的奶奶，兒女們全都已離逝了，
請問我是否是他們遺產的承繼人？"

律師聽完後說：

"對，因為李太，及她的兒女都不在，而妳是大衛的
太太，理論上，應該全數屬於妳的。"

珍露出多月沒有出現在她臉上的笑容，然後將丈夫
的死亡證書遞交給律師。律師有禮貌的交回給她，然後說：

"李太，這不是人壽保險，不用任何死亡文件來做證
明。"

珍聽後，很開心的將那張死亡證書收起來。但她的
喜悅祇是短暫的。律師沒有拿出什麼文件要她簽，只是微笑
的對她說：

"李太，上次妳陪老太太來時，可能知道，她的遺書
內容。"

珍答：

"知道，遺書上寫明奶奶百年歸老後，她的全部物業，
股票都歸她的兒女。現在，大衛與蓮達都不在，我想應該是
轉交給我的，對嗎？"

律師笑着回答：

"對，不過，最近有一個女的，來到我這裡，展示出她與李老先生的關係的證據，"

驚訝的珍，立即問：

"什麼證據，難道她是大衛爸爸的外室。但無論如何，遺產說明，祇會給他的兒女。"

律師點頭說：

"對，她就是李老先生的女兒，不論她是否私生女，只要是有血緣關係，就屬於李老先生的女兒。"

珍激動的追問：

"她有什麼証明？你們有沒有查清楚她的DNA樣本是否真實的。"

律師叫她冷靜下來。並說：

"這個我們已經認真的核對過，加上，她還帶來一批，李老先生寫給她媽媽的信，和給她的一塊古玉。"

珍還想問清楚，但那律師已經沒有耐性跟她說，一聲對不起，就走回自己的辦公室裡。她曾經到警局投訴那律師，但苦無証據。而警方亦証明那律師所存的文件全部都是合法。一次又一次的打擊，令珍開始精神崩潰。她幾次衝入律師事務所，想清楚了解，她老爺的私生女究竟是誰。

"我不服，我不服。這一定是那個王八蛋律師編做的故事來騙取我的遺產。"

但律師事務所已通知該大樓的保安員留意，下次見珍來到，如果不能勸走她，就將她交給警方。今天，珍又來到事務所大樓，一個平日艷裝打扮的美少婦，今天散髮披頭，穿着一件已穿了幾天的衣服。容貌沮喪，像是幾天沒有睡覺的樣子。她一進入大樓，大樓內的保安員立即粗暴的把她驅走，一個保安員還大力推她，使她跌倒在地上。珍伏在門口的通道上，抬頭望到路人以奇異的眼神望着她，一個仁慈的美國婦人嘗試將她扶起。

"不，請妳不要接近我，這裡沒有一個人我是信賴的。"

然後站起來，對那個女仕鞠躬。

"多謝妳。"

然後走回自己的車，駛回家。

————

回到家，她進入房間時，被亂放在地上的雜物摔跌。這一跌更激怒了她，她按不住心中的怒氣，拿起地下的雜物亂掉。一個長型的花瓶，是她最喜歡的，每次當她買了百合，劍蘭等長枝莖植物都會插在這個花瓶裏。她從地上站起來，見到化妝枱前的鏡子，正照映着一個披着散髮的瘋婦，她真的不相信那鏡子內的瘋婦就是她自己。她不顧一切，拿起那長型花瓶大力的擲向那面鏡。頓時間，玻璃鏡發出一陣鏘的巨響，整塊鏡子立即破裂起來。 分裂成幾十片碎片，幾十片碎片內反影出幾十個珍的樣子，每個鏡片裡的她，面部都是被一塊彈出來的玻璃碎片割傷。血在她娟好的臉，滴下。心中的血亦跟隨着，流。

打破鏡子的聲音，驚動了鄰居。他們打電話給警局，當警員破門而入時，見到一個面流着血，情緒激動的珍。他們祇有是送她到精神病院去。

───────

一部紅色的跑車，在炎熱的太陽下飛馳。當那跑車停在醫院門外，一個披着秀麗長髮，如模特兒的亞洲美女，從跑車內走出來。低胸的長裙，更顯出她令人羨慕的身材。當她走向詢問處時，坐在接待室的人，不其然的將目光聚焦在她身上。

"請問這裡是否有一位中國女病人，姓李的。"

相信珍是這間醫院裡唯一的中國人，所以他們很快就找到她的病房號碼。入到病房，一陣陣令人作嘔的味道，使她在名牌包包內拿出一條染有香氣的手帕，掩蓋着她又高又直的鼻。病房内的病人，在房間内不停地走動着，口中還自言自語的問：

"為什麼？"

"為什麼？"

"為什麼？"

當珍見有人進入她的房間時，她停止説話，猜疑的眼光一直望着這個陌生人。面對一個曾經是嬌小美麗的婦人，但現在卻變成一個精神恍惚，和身上帶有臭味的瘋婦。她不禁鼻酸起來，忍着淚叫了一聲：

"表姐，認識我嗎？我是琪琪，妳的表妹琪琪。"

珍更加疑惑，在她心目中，琪琪是一個高瘦，扁鼻子，戴眼鏡，單眼皮的醜姑娘。但今天站在她面前的卻是一個高挑美麗的女人。珍祇是搖頭，沒有説話。琪琪抹乾眼眶旁的淚水，低着頭，語帶歉意地説：

"表姐，對不起，我萬萬想不到今天會弄到妳這個樣子。"

她停下來，抹去眼淚後再説：

"妳知嗎？我媽媽就是李先生的情人，所以我祇是取回自己所應得的。我知妳怪我利用妳去奪回自己的東西，但妳知不知道，妳奶奶當日是如何對待我媽。她知道我媽有了我之後，曾迫我媽將我打掉。但我媽沒有依她的話。最後，妳奶奶寧願被政府處罰一筆顧用沒有工作證的外國人罰款，也打電話到勞工局，移民局去告發我媽，使她被驅走回中國。回國後，她再沒有臉見她丈夫而搬到妳家附近住。"

珍沒有望她，繼續在房子內走，繼續口中不停的問：

"為什麼？"

"為什麼？"

琪琪以為是問她，只好繼續答：

"是，一切全都是我的安排，當我見過阿歷士觸電後，我知道我可以安排他們意外的死去。"

珍聽到後，轉身一衝將琪琪撞向牆壁上。幸好她的力氣不大，加上牆壁已貼滿了防撞的塑膠條。所以琪琪，沒有受傷，祇是被珍撞倒在地上。她坐在地上說：

"我知妳恨我毒害肥仔，但妳知嗎？從小我就妒忌妳的美麗，當一班人聚在一起時，妳永遠都是大家圍繞着的人，而我，哼，不要說會有男生陪我聊天，就算是女的亦沒有人來睬我。現在，我用爸爸留下的遺產到韓國整容，他們的手術，使我有信心挺起胸來跟別人說話。哈，哈哈！我現在反而討厭面對那些祇看外表的膚淺男人。"

這時，外面的保安人員在室內的監控電視，見到珍推撞琪琪，於是立即走進來。進來的是一個高大的黑人守護，和一個黑着臉的女護士。他們同聲問：

"這位女士，妳有沒有受傷。"

琪琪搖着頭站起來。他們送走了琪琪後，立即捉緊還是在激動的珍，女護士不理她的反對，很快的就替她注射入安寧的藥物。不消二分鐘，珍慢慢睡着了。在迷糊中，珍不知自己身處何方，更不知自己是活在夢中，還是在現實裡。夢中，她彷似回到了中國。並且開車載她的父母去吃餃子，而在倒鏡裡，她見到坐在車廂後座的父母，微笑的看着坐在女兒旁邊的女婿。大衛並沒有理會他們。袛是望着她傻笑。見到大衛，珍開心的轉身去抱他，而忘記了自己正在駕駛中。一聲巨響，她與大衛再次被撞開。

"親愛的，振作。不要放棄。只有妳才可以幫自己站起來。珍，我愛妳。"

她見到丈夫，坐在窗前，對她說話，珍撲向窗戶，想擁抱她的丈夫。但一條條冰冷的窗枝使她不能跨越。

"親愛的，不要走，快回來! 我很掛念你。"

大衛最後還是在她的夢境裡消失。珍仍是思念着她的丈夫，總覺得此刻大衛並沒有離開她，每晚都會回來，與她談話。可惜每次當珍醒來後，卻忘記了他曾說過的話。但今次醒過來時，肥仔在夢中對她說的每一個字每一句話她都記得很清楚。這個情景，更使她記起日本小野小町寫的和歌：

『夢裏相逢人不見，若知是夢何須醒，縱然夢裏常幽會，怎比真如見一回。』

自從院方發現珍有暴力行為後，就加重了藥物的量，使她每天都是迷迷糊糊。今天，護士又進來強迫她服藥，珍鼓起力氣將準備餵藥的手推開，護士手上的藥物被她一推，全飛跌落在地上。氣憤的護士忍不住脾氣，一邊破口大罵，一邊大大力的打她。使珍抱着頭大叫痛。可能她們爭吵的聲音太大，使到經過的院長也聽到，於是他走進房間內一看究竟。了解情況後，他斥責那護士，然後轉身離開，但當他想離開時，見到珍跪下來望着他，就問原因。

　　"院長，請求你可否不用我再服食那些鬼鎮定藥，因為每次服後，我都感到昏睡，醒來後，腦袋還是迷糊。"

　　院長打量一下，便帶她進入院長室。入到院長室，他查閱珍的病歷。然後搖頭說：

　　"李太太，這裡的病人，大部分都好像妳一樣，認為自己是沒有病。說白一點，就像喝醉酒的人，永遠都話自己沒有醉，對嗎？"

　　珍立即說：

　　"院長，我知道，我精神上真的是沒有事，祇是心裡常常記起以前的事。"

　　院長說：

　　"就是，我們常常見到妳在房間內自言自語。"

　　珍低着頭說：

　　"我不過是與大衛談話。"

　　院長望着她，問：

"誰是大衛？"

珍輕輕地答：

"我丈夫，我去世的丈夫。"

院長即笑着説：

"哈！妳這種就是「複雜性哀傷」，今天妳的丈夫已經死了。但是妳仍然未能釋懷。在院方，我們當然希望能醫好妳的病，使妳早點離開這裡。"

珍搶着説：

"院長，我答應你，我會變乖，但請你們停止給我服那些鎮定藥。在那天我的舉動，祇是因為那個女人的説話刺激了我才會出現，院長，求你不要再餵我吃那些藥。"

院長從對話中，覺得她並非病歷上寫得那樣嚴重。所以最後決定，減少服食的藥物，但仍要定期接受心理治療。珍果然依從院長的吩咐，每日去見心理醫生。之後的日子，大衛出現在窗戶的夢境日漸減小。她心裏很是茅盾，又想能夠見到丈夫，以訴思念之苦。但她知道，如果不再禁止這個意念，她將會永遠都不能離開這裡的。

_____

半年後，珍一早起床，準備離開這處。經過了住在這裡一年，她領略到自由的可貴，世間冷暖。使她變得更為成熟。但無論如何，標和仙蒂夫婦仍然沒有忘記她，亦都是唯一願意幫助她的人。今天他們還驅車來載珍離去。

在車上，仙蒂對呆呆的珍說：

"Come on, Jane。不要記以前不開心的事，這祗會令妳更加難過。"

珍轉頭對仙蒂說：

"不，不開心的事，不會再令我難過。"

她苦笑的繼續說：

"哈哈。反而當我記起以前開心的事時才會難過。"

仙蒂知道自己說錯話，於是立即改變話題：

"不要談這個，現在我們先去弄頭髮，將一切惡運都洗走。然後我帶妳到一個整容醫師，他會好好的將妳面上的疤痕除去。"

珍很堅毅的拒絕她的好意。

"仙蒂，多謝妳的好意，經過了這一年的時間，我真的想通了。覺得外貌祗會帶給我煩惱，所以我想保留這個臉上的疤痕。又或是，這個提醒我，不要忘記以前的經歷。"

仙蒂亦尊重她的意思。在唐人街珍弄好頭髮後，標夫婦送她到一個附近的柏文。臨別時，對她說：

"我知妳的情況，所以不用跟我們客氣，這裡，我已替妳付了一個月的租金。還有一些錢給妳在未找到新工作時用的。"

　　珍點頭答謝。

　　"多謝你們，這筆錢我當是借你的。日後我會還回給你們。"

　　臨別時，他們將她入院前留下的衣服，及雜物交回給她。

第十九輯
Chapter 19

第一晚，是長長的一晚。越是不能入睡，往事越是浮現在腦海裡。她唯有到廚房，拿起水杯，倒了一杯水喝。然後坐在窗前，望着街道。稀疏的車輛，在十字路口的停牌前，停下，再駛走。每當在寂寞時，珍常感到大衛在她的身邊，隱約中還聽到他叫她的名字。珍知道不可以回應，因為如果這樣，她又會重回那恐怖的精神病院裡。於是她走到大廳，打開電視機，看那些雜亂無章的電視節目。電視節目的音量攪亂她腦袋裡的思維。慢慢，她在廳堂的椅子上睡着。

　　早上的陽光照入大廳，將伏着睡的珍弄醒。驚訝的是，當她站起來時，披在肩膀上的毛衣掉了下來。她記不清楚，是否自己在晚上拿出這件毛衣，替自己披上。還是他，一個永遠在她身邊保護着她的人。

　　吃過早點，珍略為打理一下，就走回以前工作的化妝店，找經理想謀一份工作。但是入到店時見到，以前和她一起工作的化妝店店員，已經換來了一批年輕的女孩子。她知道機會眇茫，所以等不及經理到來，她就轉身離開化粧店。在超市，珍買了些簡單的日用品，和食糧。離開時，在超市的架內，拿了幾份免費的中文報紙。

　　回到家後，她開始在報紙的求職欄內尋找工作。可惜，大部分的工都需要工作經驗。最後，她嘗試到家附近的餐館找工作。

「老闆，你好。我見報紙，你們餐館想找一個帶位的人。我在二年前曾經做過，所以，應該不會有問題。」

珍在電話裏戰戰兢兢的說。當她知道他們明天會約見她時，她很開心。但到了第二天當她入到餐館，老闆見到珍面上的疤痕後，立即婉拒了她的求職。

日復一日，標夫婦交給她的錢已花得七七八八。特別是到了月初，她還沒有足夠的錢來支付屋租，和電費。這個時刻，她想起她的丈夫來。因為每當她有困難時，大衛總會不顧一切的來到幫她。在沒有暖氣的房間。珍顫抖在冰冷的床邊，不停地叫着大衛的名字。一陣強勁的拍門聲，她知道一定是柏文的經理催她交租。
待她走後，珍發現門外貼了一張小紙，一張通知她最後日期離開的小紙條。

經歷過挫敗的她不想再次打擾標夫婦。唯有面對，所以珍沒有哭，祇是垂着頭，走進房內，開始收拾好她的東西。準備離開，但是在茫茫的人生路上，她完全找不到方向。

在收拾行李時，一策舊信不知在那裡跌了出來。而這策信件，大部分都是信用卡公司催她還欵的通知信。當她準備全部掉入垃圾桶時，一封似掛號郵寄的信，跌了出來。珍有一個好奇的感覺，叫她打開。當她打開那封信時，她高興的握着手，抬起頭，好像是一個向天禱告的人一樣笑着說：

「親愛的，你永遠都是我的守護者。多謝你。」

一封是保險公司寄來的信，內還附上一張相當大銀碼的支票，這是支付燒毀大衛老家的賠償金。在第二天，珍興高彩烈地拿着那封信和支票，到銀行，準備存入她與丈夫生前共用的儲蓄戶口內。誰知銀行前檯櫃員將她的支票和填好的存款單退回給她。

"對不起，李太太，這張支票已過了期限，我們不能接收的。"

珍呆呆的問：

"那我怎麼辦?。"

她停了一停再說：

"又或者，請你先替我存入這張支票，待他們公司證實了是真時，才存入我戶口裡。"

她一邊說，一邊將那封保險公司寄來的信和存款單遞回給那櫃員。但那櫃員，實在是太忙了。沒有耐心招呼她，一手將她的信和支票推開。這個行為被坐在房間的經理看到，立即在房間內走出來。她略帶肥胖的身型，俯着身。一邊幫助珍拾起那封信，一邊斥責那員工。然後對珍說：

"對不起，今天銀行工作的人手不足，所以他們才會這樣。請原諒。"

之後她又說：

"請問，有什麼事情可以幫忙呢？"

珍覺得這個和善的高級員工，定必比那小職員，更勝任。於是跟着她，走進她的房間裡，入到房內，她先介紹自己。

　　"妳好，我姓梁，妳可以叫我英文名 Janice。我是這處的經理，請問，什麼問題我可以幫忙呢？"

　　珍立即將那封信和支票拿出來，交給她看。她看後，微笑的對她說：

　　"這個是小問題。我可以代妳寫封信給保險公司，要求他們另開一張支票給妳。"

　　聽到她的一番說話後。此時此刻，珍覺得坐在她面前的是一尊佛，一尊活生生的活佛。那銀行女經理繼續問：

　　"希望妳不要介意我這樣問妳，因為我要在信中解釋，為何妳不能在限期前存入這支票。"

　　珍毫不掩飾的對她說：

　　"那段期間，我是住在醫院裡。"

　　女經理再問：

　　"最好妳能提供住院的報告，我覺得這樣會容易得到他們相信而另發一張新支票給妳，妳認為如何？"

　　珍覺得有道理，於是立即跑回家拿出她住院時的報告。然後再走回銀行找那個女經理。可惜去到銀行時，那個女經理已經離開。但她並沒有令到珍失望，離開前，已將一封打好的銀行證明信，留給櫃檯人員轉交給珍。珍立即走到郵局，連同醫院報告，用快郵將它寄出。等待的日子並不好過，特別是每次到信箱取信時，定必要經過柏文的辦公室。所以她只有靜候辦公室的工作人員離去後，才敢去取信。但每次都是失望而歸。在一個中午時候，珍呆坐在房間內，突然，聽到有人粗暴地敲門，她估計一定是辦公室的職員要她交租，所以她並不去理會他們。一如既往，他們見屋內無人答覆時，將一封通知搬遷的信，從地下的門隙放入屋內，珍望也不望就將它撕掉。坐不夠十分鐘，又有人來拍門。她相信今次不會再是辦公室的人，因為今次敲門的聲音是溫柔的令珍更加估計不到的是，站在門外的是銀行的梁經理。珍立即開門迎接她進來，但她卻婉拒珍的好意，祇是站在門外對她說：

"李太太，我剛才經過這裡拜訪一個舊同事，想起妳也是住在這裡，我才冒昧來探望妳，妳好嗎？"

珍尷尬的答她：

"多謝關心，我今天也打算去銀行找妳。因為我想知道，還要等多久，才可以收到那張支票？"

梁經理聽她說完之後，微笑的答：

"今天我來，主要是通知妳，保險公司的支票，已經寄到銀行，我祇想問，妳打算直接存入妳的帳戶，還是交還給妳呢？"

然後隨手在她的手袋內拿出那張支票。繼續說：

"我應該是在電話裡問妳，但妳的手機服務已經中斷了，所以我才來這裡。"

珍望到梁經理手上的支票，頓時間立即興奮起來。說：

"那就隨妳的意思，存入我的戶口吧，但。。。"

她紅着臉的問：

"我可否今天先取一千元，因為，我的房租已經過期。"

梁經理微笑着答：

"依規則，要待這張支票完全交收完成後，客戶才能動用那筆錢。但這間是大的保險公司，應該沒有問題，而且今天見到妳這個情形，或者我可以考慮先讓妳支付一部份。"

珍聽到後，激動的捉着她的手，忍着淚對她說：

"多謝妳，真的是，很多謝。"

珍不停的說多謝，令到那銀行經理亦笑起來，說：

"那就好了，不如現在，妳跟我一起回銀行，辦妥交收手續，好嗎？"

珍二話不說，立即穿上外衣，跟隨那銀行經理到銀行。梁經理她一邊開車，一邊微笑。因為今個月的業績已超過預期，因為今天她得到了一個大客戶。

珍拿了錢後立即到辦公室付清欠租。之後到超市買菜，將空空的雪填滿，晚上，她做了一餐豐盛的晚餐。

　　"親愛的，唉! 好久沒有替你做飯，希望我做的菜能夠保持以前的水準，不會令你失望。"

　　突然她撒嬌的繼續説：

　　"哼！但無論我做得怎樣差，你都不準抱怨的，因為今晚的菜是我很用心去做的。哈哈!。不過，我知無論我做得如何差勁，你一定會喜歡的。對嗎？好啦！不要再説，大家吃飯吧！"

　　珍説完之後，夾了幾粒炸得鬆脆的鍋包肉和一塊東坡肉放在她對面的空碗上。之後，她才開始吃飯。一邊吃飯，她一邊笑着的和空櫈説話。今晚她顯得十分高興。事實上，珍已經太長時間沒有笑得這樣開懷了。

　　吃完飯後，她將準備搬出的東西，全部從皮箱內拿出，一　一放回衣櫃內。當她見到一扎當日在大衛家裡拿走的信時，她好奇地拿出來看。一手娟秀的字，寫在一封封微黃的信紙上。收信人是李先生，而信件寄出的地址，正是中國北城哈爾濱市。這個更加勾起珍的好奇心。究竟這個寄信給她老爺的人是否就是琪琪的母親。於是她將每封信都拿出來慢慢細看。開始時，他們衹是談些瑣碎的生活事項，使珍提不起興趣再看下去，還準備去睡。但當看到一封琪琪媽媽告訴李先生她驗到有身孕時，她立即精神起來。

"鎮遠，希望你會接受我這樣對你的稱呼。離開你已兩個多月。在這些的日子裡，我每天都感到很孤單，很寂寞，很想念你。特別是，今天我去看醫生時，他告訴我，我已懷了孕。這個消息令我十分驚訝，因為自從回到中國後，我已經立即跟我丈夫離婚。所以我肚裏懷着的正是我和你的孩子。鎮遠。我沒有破壞你家庭的企圖，或是要求你任何金錢上的利益。我衹想讓你知道，日後我會盡力將我們的孩子養大的。"

　　看到這裡，珍靜心的去計算日期。她將信中人提到懷孕時的年和月與琪琪來計算，發覺到琪琪在年齡上有出入。她再想繼續看下去，但找遍了整個皮箱都找不到其他的信。珍相信這封信可能是那女人最後寄來的信。又或者，老爺仍是半信半疑那真實性，所以再沒有跟她連絡。臥在床上時，腦中仍然在猜想這個問題，因為自從嫁來李家後，她接觸到他們家中的親友。在他們口中，知道她的老爺是一個重情意，負責任的人。他應該是不會做這種不負責任的事。

　　到了第二天，珍仍是不甘心，她再次將那一叠叠的信細心地再翻看。而從信中的內容可了解到，他們已是一對互相可吐心事的要好朋友。最後找到了一封沒有貼郵票和回郵地址的信。　最奇怪的是，信中裡的字跡跟平日完全不同。凌亂不堪的字跡更令人費解。

"鎮遠，...我曾經多次寫信給你，但都被退回，這可能是老闆娘不想你再與我通信。剛巧有一個親人出差來德州，我才麻煩他送給你信。在寫這封信之前，我掙扎了很久才決定。可能你會發現我的字跟以不一樣。因為我染上了末期骨癌，這封信亦是我最後寫給你的信。現在我每寫一個字都感到很痛，但無論多痛楚，今天我一定要完成它，因為，我已是來日無多了。我們的女兒今年快 4 歲，她叫做美美，這是我替她改的名字，讓她知道她父親是住在美國。幸好，我有一個要好的朋友，她對美美很好，她答應會照顧我們的女兒。而且我朋友有一個比美美年長三年的女兒，她們可有伴。鎮遠，我己到了人生最後的一站，如果可以的話，我想你能帶她來美國。親愛的，我真的是很痛。但那痛楚都不及我內心的痛。我真的捨不得你，更捨不得女兒。小小心願，望在我離逝後你能成全。在遠方愛你的人絕筆。"

字裡行間有些朦糊的水跡。明顯是寫信的人，在寫時滴下的淚水，而將字弄濛。

第二十輯
Chapter 20

凌晨一時多，大部分人都已在睡夢裡。但在休斯頓洲際機場內，還有一班乘客等待着登上從候斯頓直飛到北京的晚機。輪候了幾小時，乘客們終於可以進入飛機內。入到機倉後，大家都急於將帶來的手提行李用力地推入座椅上的行李架內，有些帶着孩子的父母，急於將熟睡了的孩子安穩地放在座椅上。珍不匆不忙地坐在近窗口的座位。

最後飛機在指定的時間內起飛，開始時機倉內乘客嘈雜談話的聲音，隨着飛機飛進入高空的雲層後，亦慢慢靜下來，換來的是此起彼落的打鼾聲。珍嘗試去睡，但飛機的引擎聲，和孩子的喊聲使她難於入睡。飛機初進入雲層時窗外是漆黑一片，偶爾見到幾顆閃爍着的小星星點綴在雲端上。但當飛機轉向另一方飛行時，一個美得醉人的月亮，照入珍的座位裡。雖然是個殘月，但它的光芒依然是那麼明亮。

坐在珍鄰座的是一對老夫婦，胖胖的老先生，酣睡時發出響亮的打鼾聲，使她想起大衛。飛機終於到達北京國際機場，機場跑道兩旁，仍積着雪。珍跟隨着一班持美國護照的外國人一起排隊，等待通關檢查。一個面孔冰冷的關員，他拿着珍的護照，一看再看。在護照內的照片是一張化了妝的秀麗面孔。但現在站在關員面前的是一個素顏，面上有條深深疤痕的中年女人。珍望見關員疑惑的眼神，立即用英文解釋：

"這是一次意外做成的。"

關員用不屑的態度說：

"明明是中國人，為什麼不説中文。"

珍忍着脾氣，微笑地用普通話説：

"對不起。"

俗話説得好，伸手不打笑臉人，那關員瞟了她一眼後，就在她的護照上蓋上印。珍拿過後，就和其他人魚貫而入，到轉機室等待下一班飛往哈爾濱市的班機。

───────

珍拿着行李步出哈爾濱機場時已經快近晚間九時了。天降着鵝毛般的細雪，雖説她在這裡長大，但長期住在美國南部，體質已經不同以前。所以當她在等候出租汽車到酒店時，不自覺的打起冷顫來。在出租車內，珍見到這個又陌生，又熟悉的城市已經跟她的記憶完全脱了軋，特別是在市內的店舖大部分都已經打烊休息，這更顯得街道上的冷清。入到酒店的房間，她站在窗前，默默的看着街道。以前酒店附近全都是農耕地，但到了今天，一座座的高樓將這個城市包圍起來。珍從手袋裡拿出那叠信，心中開始祈求，希望信中的地址沒有改變，使她可以順利找到大衛的異母妹妹美美。心中的顧慮加上時差，令到珍整晚都沒有好好的睡。到了黎明前才睡了幾小時。

珍根據信中的地址找對了地方，不過那地方卻是一幢商業大樓，地下是一間頗具規模的酒樓，樓上全部都是商業用戶。她不服氣，不斷地到附近的店舖去追問李美美的下落。忙了一天，一點頭緒也沒有。珍記起大衛曾在夢中不斷的鼓勵自己，不要放棄，不要放棄。她繼續在第二天清晨來到附近的菜市場，由東面問到西面，可惜，還是沒有結果。最後，她跑去市政府去查人口登記，但市府辦事員，以資料不全而拒絕她的詢問。隔了一天，終於在菜市場裏找到一個以前美美的老鄰居，他很誠懇地說：

"美美自從媽離逝後，爸爸又不肯照顧她。所以將美美交給一個好朋友，但自從好朋友的女兒去了美國後不久，她們亦相繼死去。所以未夠 17 歲的美美，迫於嫁了一個比她大廿多歲的麵店老闆，唉！說出來很動聽，嫁到麵店做老闆娘，誰知是一間個人麵店，該做和不該做的全都交給她一個人做。"

珍好奇的問：

"那麼她丈夫不會幫她嗎？"

老鄰居氣着說：

"他媽的，那個王八，天天都去賭博，留下麵店全交給美美一個人打理。唉！我見到她又要打理麵店，還要照顧她的兒子，真可憐。"

珍隨即問：

"請問我怎樣可以找到她呢？"

　　那老鄰居立即寫下麵店的地址交給珍。　珍謝過後，立即跑去。可惜，來到時剛巧是麵店的中午休息時段。珍站在鋪滿了厚雪的小巷裏，不知道應該是走還是留。雪花仍是不斷地飄下，巷子裏的行人變得越來越少。冬天的夜，不知不覺之間來到。珍已將自己包裹得祇剩下一對眼睛。但黑夜吹來的寒風，如刺刀般穿過厚厚的大襟，使她不自覺地顫抖起來。在她猶疑着想離開時，一條光影，投射在黑暗的雪地上。珍向那光影望去，果然是美美的麵店打開門準備開始晚市。她立即走入店內，雖然進口處只用了幾片透明的塑膠片將外面的冷空氣隔着，但珍感到裡面實在是太溫暖了。當她坐下後，她感到了訝異的是，裡面工作的人比她想像多，因為那個老鄰居説這是一間個人的麵店。珍付過了買麵的錢後，站起來，看看每一個員工，但總覺得沒有一個像她想找的美美。珍帶着疑惑的口氣問：

　　"請問，這裡有沒有叫李美美的員工。"

　　一個大娘剛從廚房走出來，粗魯的説：

　　"妳找老闆娘？她去了買貨。妳找她有事嗎？"

珍回答説：

　　"我是從美國回來的，想見見她，請問她什麼時候回來呢？"

　　大娘瞟了她一眼，説：

"又是一個來騙吃的美國親戚。哼，她今天不會回來的。"

說完後就轉身離開。這時，她要的麵已做好，但珍已很氣了，她沒有吃一口就離開，咀裡不斷怒罵那大娘：

"媽的，我那樣子似騙吃的人。算來不用二美元的爛麵，我付得出。"

其他人怕她們會起衝突，半拉半推的將珍推出店外。晚上，珍靜下來時，覺得今天自己太衝動了。第二天，她在午飯時間，再去那間店。那時正值放午飯時段，店內坐滿了人。她知道，今天就算能找到美美，她亦沒有空跟她交談，唯有是將她住的酒店卡片和房間號碼告訴站在店外收費的年輕姑娘。然後返回酒店，待美美到來。可惜等了幾天都不見有人來找她，珍唯有在一個午飯時段再次去麵店找她，但去到時，那間麵店已關門，不再營業了。最後，心灰意冷之下她決定放棄，準備好飛回美國。晚上，她正在房間裏收拾行李時，聽到外面有敲門聲。她很奇怪，在這個時候，還有誰會來找她呢？她小心翼翼地開門，外面站着一個年輕的媽媽與一個小男孩。

"請問，妳是否從美國回來的李太太？"

那年輕的媽媽羞澀地問。珍上下打量她一下，心中有點兒興奮，但經歷過太多後，使她變得處事謹慎起來，她

236

衹是點頭，沒有答話。年輕的媽媽見她點頭時，很高興的捉着珍的手，然後説：

"我是李美美，妳一直在找的美美。"

她的舉動更令到珍提高了警覺。因為，來中國之前，她已聽過不少有關當地騙人的故事。美美見到珍冷漠的態度，她不好意思的將捉着的手放開，並垂下頭説：

"對不起。"

説完後，還打算拖她的兒子離開。這時，珍急起來，隨即問：

"妳怎樣知道我正在找妳呢？妳又可否證明，妳就是我打算找尋的人？"

美美聽後，面孔由悲轉喜，立即想從她的手袋裡拿出證件來。但一急，她將手袋弄翻，裡面的雜物全跌落到地上。珍見到後立即俯身幫她拾起地上的物品。然後招呼她們到房間內坐。那小孩子可能從未到過高層大樓，所以很興奮的跑到窗前，看街道上的燈和流動的汽車。珍見他那麼可愛，就拿給他一粒朱古力糖，那小孩子，接到後，望了媽媽一眼，他見到媽媽點頭，很開心地用他的小手將紙撕開，準備放進口。這時他聽到媽媽在旁提點説：

"少華，你應該説什麼呢？"

那小孩子説：

"謝謝，阿姨。"

237

之後，急促的放入他的小口，初嘗到甜美中帶些苦澀味的朱古力糖時，他高興得瞇着小眼，嘴巴微笑時出現的二個酒渦，似十足大衛貪咀的樣子。珍禁不住，吻了他一下。然後低聲説：

"太似了。"

正在找尋自己證件的美美，聽不清楚珍的説話，於是問：

"對不起，妳剛才的説話，我聽不到。"

珍立即解釋：

"沒有什麼，我衹是説妳的兒子很可愛。"

美美聽到後亦笑起來，然後繼續找她的證件。珍見到後説：

"不用找了，來，大家坐下來談談話吧！"

美美狼狽地將所有物件放回手袋內。

"對不起，平日我很少帶手袋出街，特別是這麼大的手袋。因為。。。"

説到這裡時，美美變得欲語還休，眼睛泛着淚，不再繼續説下去。珍輕輕的拍她，説:

"OK，不要再哭了，如果是不想説，就不要説。"

珍順手遞了一盒紙巾給美美抹淚。但美美聽到她的話後，哭得更大聲，連少華亦跑了過來，抱着她們一起哭。

珍亦被這情景感染，鼻子一酸，亦跟着哭了起來，她雙手用力擁着美美，感覺上好像抱着自己妹妹一樣。

"對不起，真失禮。"

當美美停止哭泣時，她禮貌地向珍道歉。珍亦開始抹乾自己的淚水。然後說：

"無關係，老實說，我相信妳是李美美，所以妳應算是我的小姑。對嗎？"

美美一邊抹眼淚，一邊笑着點頭。少華見她們不再哭，於是就從媽媽的懷中，跳了下來，走回窗口繼續看街道上的汽車。但看了一會就跑回來，伏在媽媽的腿上，可能是太累，所以不久就睡着，珍示意美美將少華放在她床上睡。美美慢慢的將他放上床，而珍拿起放在床角的被，細心地替他披上。美美望向她，微笑地說：

"麻煩妳了。"

珍捉着她的手說：

"不是麻煩，唉！在現今世上，妳是我至親的親人。"

美美看着她兒子說：

"他也是我最愛的人，幾次當我想不通時，是他將我從自殺邊緣上引回來的。"

珍驚訝的問：

"是否因為妳被丈夫欺負？"

美美無奈的點頭。

珍隨即掀起美美的衫袖，見到一班班的瘀青在她嫩滑的手上時。珍心痛的擁着安慰她。但美美卻說：

"這都是他賭輸錢後，回麵店要錢時，我不給他，他就打我，不過，我都習慣了。但最近，他越賭越大，最後還要將麵店都輸掉，我知道後，氣得想殺死他，我辛辛苦苦替他經營的店，一夜之間他卻輸了給別人。"

說到傷心處時，美美禁不住的又喊起來。二分鐘後，她心情平伏下來，美美繼續訴說她的故事。

"早二天，我沒有上班，因為。。。"

美美抹了淚水後再說：

"因為我去了跟我丈夫離婚。"

珍拍了一下手掌說：

"好，妳幹得對。"

之後再問：

"聽說妳是一個人獨自打理麵店的，但是為何那天我去到時，卻有一班人在幫手。"

美美搖頭嘆息說：

"他們都是我夫家的人，他們知道我與丈夫離婚後就全跑過來，說是來幫忙，哼！咀巴說的全都是漂亮的話，其實，他們想襯此機會回來爭奪這間店。但他們那裡知道，我丈夫已經把這店輸了。"

一陣苦笑後。她歉意的對珍說：

"聽說那天，我丈夫的大姐給妳臭臉。"

珍被她的話提起，立即問：

"對，我想知，為什麼那天她說我是來騙吃的美國親人?"

美美隨即笑起來答：

"哈，當我夫家的人知道我爸爸是住在美國時，他們鼓勵我去找他。但美國那邊地方這麼大，叫我如何去找呢我曾經寫信去，但總是石沉大海，所以，每當有人出差到美國公幹或是去考察時，我都托他們帶信給我爸爸。有些老實人，會實話實說的告訴我，他們去的地方不是在德州。但有些狡猾的人，說可以幫我順道到德州找爸爸，但要我付他的旅費。"

珍急着問：

"妳真的給他們錢。"

見到美美點頭，珍亦知道了答案。美美不好意思的答：

"所以，他們以為妳是那班來騙人的美國親戚。"

珍笑着問：

"那妳又憑什麼，相信我不是騙人的美國親戚呢？"

美美望着她說：

"憑着直覺，聽説妳為了找我，在菜市場裡跑了幾天。加上，見妳留下這間酒店的名片，不像那些住平價賓館的人。但，我又想問問，妳又憑什麼認為我就是妳想找的人呢？"

珍聽後，笑着答：

"又是憑着直覺。"

兩人説完後，哈哈的大笑起來。美美先收起笑聲，然後問：

"我可否叫妳一聲大嫂嗎？"

珍説：

"當然是可以的。"

美美聽到後，變得開心的問：

"大嫂，妳可否告訴我，妳千里迢迢的從美國回來找我，目的是什麼？"

珍捉着她的手説：

"這是妳爸爸離世時，想我們做的事情。"

自從珍見過美美媽媽的信後，她覺得，大衛爸爸對美美的身分仍有懷疑，他謹慎的在遺囑中放入了兒子，女兒為財產承受人。因為他知道，如果美美真的是他的親女兒，她一定要經過律師的細心印証才可以分享到他的遺產。

珍從皮箱內找出那扎美美媽媽寫的信，美美一見字迹就認出是她媽媽寫的信。珍知道找對人，於是繼續問：

"妳認識琪琪嗎？"

美美毫不猶豫地答：

"我自少就是住在她的家，當然是認識她。"

珍隨即問：

"她是否知道妳和妳爸爸的關係？"

美美點頭答：

"我知道她即將去美國時曾告訴她。"

珍問：

"我猜，妳一定是交給她屬於妳的證明文件。"

美美說：

"她去美國之前，我想她能幫我，但見到她冷漠的態度時，我知道，她是不會幫助我的。誰知兩年前，她回來告訴我，已找到了我爸爸，並說，爸爸要求我提供我的證明，到了美國後，可以申請我們家人到美國。"

珍一邊聽一邊搖頭。大家默言片刻後，美美輕聲的問珍：

"大嫂，今晚我們可否在這裡睡一晚，因為我這裡沒有親人，與他離婚後，我真的是無家可歸。"

珍對她微笑着說：

"當然可以。美美，現在妳不再是沒有親人了。妳是我的小姑，將來我可以帶妳們兩母子到美國。"

美美聽後，開心極了，說了聲謝後，就躺在兒子身邊，不消幾分鐘，她亦跟着兒子睡着了。珍親切的替她們蓋

上被後，就走到酒店的前枱服務處取了一張被，然後回房，
睡在沙發上。

第二十一輯
Chapter 21

經歷過重重手續，美美和少華的美國簽證終於批出。珍帶她們從中國飛回候斯頓。這是她們兩母子第一次乘坐飛機。美美顯得比兒子還要緊張。少華入到機倉後立即坐在窗口位置。當飛機開始駛離停機坪時，他興奮的笑起來。但當飛機用極速衝上天空時，坐在中央的美美緊張地握着珍和少華的手。少華不竟是男孩子，對飛機升空時，感覺得很刺激，特別是見到地下的房子，漸漸地縮小。但由於氣壓改變，少華感到有股氣壓得他的耳朵不舒服。他忍不住，想哭。美美見到後變得驚惶不安，她不停的用手按兒子的一對耳。在閉目休息的珍，被他們的行為弄醒，她立即從手袋內拿出一顆口香糖交給少華。並安慰他說：

"不用怕，這不過是飛機升空時的壓力改變，現在聽舅媽話，吃了這顆糖之後，你的耳朵就不會再痛了，不過，不要吞，知道嗎？"

少華，張開口，吞下舅媽給的糖，果然不久，他的耳已不再痛。珍和美美亦安心地去睡。突然，珍再次被美美弄醒。

"對不起，大嫂，少華將妳給她的口香糖，吞下肚裏，我怕，他的腸會被口香糖黏着。"

珍見到美美緊張得快要哭時，她拍拍美美的手笑着說：

"不用怕，腸內會分泌些液體，來濕潤它，這樣口香糖就不會黏着腸了，妳大可以放心，相信我。"

美美聽到後，微笑地說：

"大嫂，妳是我一生中，最相信的人，真的。"

珍報以一個微笑，之後，再次閉上眼睛休息。

————

對於長居北地的美美來說，候斯頓的冬天，暖得像哈爾濱的初秋。這幾天，早上下了幾粒冰雨，但路人已把自己包裹得好像嚴冬一樣。雖然候斯頓是美國第四大城市，但人隣之間的關係，卻十分之冷漠。所以當美美和兒子初來到時，她們感覺到十分苦悶，幸好，珍家裡的電視，有一個不停播放動畫的頻道，和一個大花園，這樣少華才不致整天叫悶。但對於美美來說，可以跟珍到唐人街購物，食中國菜，是舒解鄉愁的好去處。而這段期間，珍每日都到律師事務所，查詢如何能幫美美取回她應得的。

有一天中午，唐人街依舊是熙來攘往，珍和美美，少華剛從醫務所離開，打算到一間四川餐館吃午飯。珍一邊坐下，一邊對美美說：

"妳知嗎？這間川菜館，地方雖然是小，但很多中國人都來吃，特別是這處中國領事館的員工亦是座上客。"

當美美見到餐牌上的價錢，她嘩然説：

"大嫂，這裡的價錢，算回人民幣，真是很貴。"

珍笑着回答：

"哈！在外國，能找到一間合口味的中國餐館吃飯，是很難得的，所以貴一點，亦要接受。"

美美亦明白道理，祇是少華仍想要吃漢堡飽。珍輕撫他的背部，微笑地説：

"少華，如果你這個星期乖的話，我答應你，在這個周末帶你去你最喜歡的廣東飲茶，好嗎？"

少華聽到後，現出一個貪咀的笑臉，開心的樣子似足大衛，珍禁不住的去吻他。美美見到，她亦開心的笑起來，問：

"大嫂，為什麼少華笑時樣子如此的醜，妳還要吻他？"

珍笑着答：

"因為他的笑臉，跟舅舅一樣醜。"

美美看着兒子説：

"自從看過家人留下的照片後，發覺大姐似她的媽媽，我跟哥哥一樣子像爸爸。"

珍説：

"對，他們廣東人説，(外甥多似舅)，所以，一見到少華，就如見到妳哥哥一樣。"

美美望着珍説：

"大嫂，其實妳很美麗，特別是在年輕時。"

珍嘆氣答：

"可惜命不好。"

當美美想安慰她時，剛巧服務員送上她們的餸菜。珍最開心的是見到，少華喜歡吃的食物，竟然跟大衛是相同的。在餐廳內的另一角處，坐着一個樣子秀麗，身裁高挑，面型瘦削的女人。一個蓄着小鬍子的服務員，正熱情地推介餐廳好吃的食物給這個美麗的女顧客。

"如果妳不喜歡麻辣的味道，我推介本店自豪的「炖雞麵」，這是用土雞的雞骨熬湯，湯頭清甜，再加入竹笙及我們店自製的麵條，最適合美女吃的。"

她並不在意服務員的説話，隨意的點了頭就算。那小鬍子見到後立即走進廚房去。而她一直是留意着珍和美美三人。不多久，服務員送上她叫的炖雞麵。她隨便的吃了幾口，但當見到珍準備離開時，立即叫服務員結帳。小鬍子，見到剩下了大碗的湯麵，他不解的問：

"小姐，是否這碗麵有什麼問題？我可以吩咐廚房叫他們再做一碗。"

祇見她沒有反應，他繼續說：

"或是，要不要將它帶回家？"

她懶得理會那個服務員，放下鈔票後，急急的跟着她們走。來到停車場，她匆匆的跳上自己的車，然後尾隨着珍的車子，直到她們回到家。琪琪回到家後，一整天都坐立不安，她不停地思考着如何應付這個挑戰。

————

幸好在她們進餐時，琪琪聽到珍對美美說：

"美美，見妳今天吃得如此快意，看起來，妳已經習慣了這處的水土了。"

美美笑着回答：

"真失禮，來了這裡一個多星期，總是不習慣他們的飲食，這可能是老一輩人說的什麼水土不服。幸好見過醫生，服了他的藥後，這兩天才舒服一點。"

珍笑着回答：

"那就好了，就讓我明天打電話去醫院，替妳約定下周做 DNA 測試。"

琪琪聽到後，感覺到莫名的興奮。

她打了兩次電話給她的律師，可惜，他與家人去了渡假，要下周末才回來。到了晚飯時間，她的手機響起，琪琪以為是律師的回電，不過令琪琪失望的是來電的人祇是她男朋友。

　　"噢！對不起，我竟然忘記了你的約會。不過，很抱歉，我有點兒不舒服，今晚不想出去。什麼？你想來幫我，女孩子的事你怎可以幫呢？好，謝謝你，love you 。"

　　之後，她一直坐在飯桌上，呆呆的望着已變得冰涼的麵。晚上，仍然是睡得不安寧，她爬起床，走入廚房，在雪櫃裡拿出一枝牛奶，然後放入微波爐加熱。她希望借助牛奶，使她能易於入睡。但心中雜亂的思緒，仍使她坐立不安。一隻野貓突然在她後院的窗戶上走過，牠的影子嚇得琪琪心中一跳。這一嚇，可能給了她一個靈感，她立即走到車房，拿出工具箱內的螺絲起子，然後跑到後門。她把已上了鎖的後門，不停的用那螺絲起子插入，企圖將那上了鎖的門弄開，門鎖依然是堅固無損，但門兩則的木已經被破壞了。之後，她從後門走回正門。進入家後，她拿起電話，撥 911。不久之後一部警車，在深夜來到琪琪的門外。她穿着睡袍在屋內走出來，不知道是外面天氣太冷，還是她仍然是驚慌，在她與警方相談時，身體不停的顫抖。一個女警扶她進回大廳，另一個男警員拿起一本小簿，將詢問的經過抄下來。

　　"這位女士，妳可否詳細的告訴我，發生了什麼事情？"

還是在抖着的琪琪，緊張的用兩手捉住那件深紅色的睡袍，説：

"今晚，當我到廚房取牛奶飲時，隱約聽到後院有點聲音，我當時十分害怕。"

警方覺得琪琪説得未夠詳細，於是問：

"今晚，是指在什麼時候。"

琪琪隨即説：

"對不起，我沒有留意是在什麼時候，大概可能是在1點30分鐘左右。"

警員繼續問：

"之後呢？"

琪琪抖着説：

"我在後門旁邊的玻璃看到一個人影，我嚇得大聲叫，那人影聽到我的叫聲後，立即逃跑了。"

警員問：

"妳看不看到那人，是男，是女，有多高。"

琪琪説：

"對不起，當時我很害怕，看不清是男人還是女人，不過，那影子的高度應該不高，可能比我還矮小。"

警員説：

"這區的治安平日應該沒有問題，但我們日後會多些留意，特別是在晚上。Ok，不要害怕，日後如果再發現有可疑人士時，打電話給我們，再見。"

　　警員抄寫了過程，留下報案號碼（case number）給琪琪後，他們就離開。琪琪小心翼翼的將門鎖起來，之後，將喝剩的牛奶倒去，然後帶着微笑，進入睡夢裏。早上的太陽，懶洋洋的躲在雲層內。灰灰的天空，令人提不起精神來。但琪琪卻精神奕奕的駕着她的跑車，到近郊的牧場去。牧場除了飼養一些牛，羊外，原來亦是一個練靶場。琪琪下車時，隱約聽到練靶場上傳來的鎗聲。進入寫字樓，她見到牆壁上掛滿了各式各樣的打獵用長槍。而玻璃櫃內，還放滿了短手槍，有左輪，自動手槍，及一排排長短不一的子彈。一個蓄短髮，身裁健碩的白人女人，見琪琪在觀看玻璃架內的手槍時，就走來問：

"有什麼我可以幫忙？"

琪琪露出甜美的笑容答：

"我想買槍，手槍。"

"是自衛還是殺人。哈，說笑而己。"

　　白人女人瞪了她一眼，傲慢無禮的在玻璃櫃內拿出幾把不同類型的手槍，然後問她：

"妳有打槍的經驗嗎？"

琪琪搖頭。於是那白人女店員說：

"這幾把手槍是最新型號，特別是這一把，可以摺起來，易於收藏，精小輕巧。是最好的防衛手槍。"

這把小型手槍，精緻的放置在一個木盒內，那女店員，拿出來示範，先把它摺疊起來，然後放入口袋內，盒子內還有幾粒幼長的子彈。

琪琪問：

"這樣小的子彈，夠不夠殺傷力。"

那白人女人瞪眼望着她說：

"這是·22口徑，如果近距離亦可以殺死人。"

琪琪立即解釋說：

"不，我只是想有一枝比較強力的手槍來自衛。"

女店員，再拿出一把二寸短咀的左輪槍，然後說：

"這一把如何？·38口徑，子彈射到手，無手，射到腳，無腳，射到心臟就…，如何？"

琪琪二話不說的就拿出她的信用卡，說：

"就這一枝吧！麻煩你幫我包起來。"

店員見成交得這般容易，面孔立時變輕鬆，然後問琪琪拿出證件及地址，電話號碼。她抄好後說：

"我們會待警察機關查檢過，妳以前並沒有任何犯罪紀錄後，會通知妳來取。多謝妳。"

琪琪聽後，即時緊張起來，問：

"這不是，付出了錢我就可以買走這手槍嗎？"

女店員笑着回答：

"全球最易買到槍的地方是美國，而在美國最容易買到槍的是德州。不過，就算是如何容易，亦要經過兩星期左右的犯罪調查，才可以拿走。"

琪琪聽她說完之後就決定不買了。搶回自己的信用卡和証件後，頭也不回的離開。懶得理會那白人女人背後說的粗言穢語。

─────────

回到家，她不停的打電話給她的律師。但電話總是轉到錄音。晚上，律師終於跟她聯絡上。到了第二天中午，琪琪依律師的指示，駕車去到東南部的一個窮人區，區內的破屋，住着的都是黑人，和部分墨西哥人。最後她停在一間破舊的當舖門外。附近玩耍的黑人小孩，全跑過來觀賞這部他們的 Dream car 。古舊的當舖，發出陣陣的惡臭味。一個滿頭鬆髮的黑人，行近她問：

"唏!中國娃娃，我可以幫妳嗎？"

琪琪隨即退後一步說：

"我是來找 OJ 的。"

黑人露出滿口金牙，笑着說：

"噢！妳原來是來找橙汁（Orange Juice）的。"

這時在舖內走出另一個樣子及身型像隻黑猩猩的中年男人，問：

"誰叫妳來這裏找 OJ 的。"

琪琪不自然的從手袋裡拿出一張寫下介紹人名的紙條給他看。那男人看過後，俯下身對琪琪說：

"我先聲明，沒有議價，沒有試貨，沒有退貨。全部現金。OK 嗎？"

琪琪被那男人如此近距離對話，感到極不自然。

"OK。"

黑人男人說：

"非常好，妳駛車到後門，我在那裡等妳。"

琪琪不明的問：

"如何去？"

男人用黑得如漆的眼瞟了一下，說：

"向左手邊行，見到一個華麗的籃球場，轉入去，有一部古典的小貨車停在我舖的後門，明白嗎？"

琪琪祇是點頭來回應他。一個破舊的籃球場，四周的鐵絲一半已脫落。再轉入去後巷時，凹凸不平的爛路，令經過的車輾過大小不同的積水地洞時，濺出的水花四處飛起。最後她駛到一部老舊到不知年份的小貨車前，OJ 果然站立在後門等她。

拿過錢後，他將一袋用灰色膠帶貼滿的盒子交了給琪琪。然後轉身走回店內，但見到琪琪想撕掉膠帶查看時，他立即説：

"唏！回到家後才打開看。"

琪琪不服氣説：

"我怎相信你有沒有騙我。"

黑人男人重語氣的説：

"你們中國人常常騙人，所以總是不相信其他人。喂！妳信耶穌嗎？

哈，無論妳信不信，今天我就告訴妳，我就是上帝。"

他説完後，轉身步回當鋪內，他進了入店後，門亦關上。

琪琪唯有拿那盒子返回她的家。

———————

到了家後，她立刻在工具箱內拿出剟工，將一重重的膠帶剟斷。裡面果然有一把 2 寸短管的左輪，裡面還附帶了 6 粒點 38 的子彈。她將一粒粒子彈放入槍腔內。之後，安心的放在茶几下。

————————

　　每天早上，琪琪都把車停在珍家門外的公園前，靜待着她們出來，然後跟蹤她。可惜每次跟着她們都找不到一個機會，最後她默默等待的機會終於到來。這天珍整日都忙於進出律師事務所。到了黃昏，珍來到超市購買做晚餐的菜，琪琪亦在遠處跟着她們進來。當她聽到珍和美美說話，感到她祈求的機會終於來到。

　　"美美，妳和少華在這裏等，我要去隔離街的洗衣店取衣服，因為他們快打烊。記住，不要亂跑。"

　　少華不理會媽媽，跑到珍身邊，捉着她的手說：

　　"舅媽，我可否跟着妳去？"

　　珍見到他可愛的樣子，就點頭，然後拖着他的小手，離開超市。美美樂得清靜，一個人東挑西選的在超市內享受着購物的樂趣。一個高瘦美麗的女人，走近美美的身邊，拍了她一下。然後說：

　　"美美，這麼巧，在這裡能遇上妳，真是不可思議。"

　　美美呆呆的望着她說：

"對不起，我並不認識妳，但為何妳知道我的名字呢？"

琪琪笑着説：

"我是琪琪，小時候，妳和妳媽媽住在我家，而且早二年，我曾回國探妳。我們還在紅旗大街的咖啡店，談了一個晚上。"

經她一説。美美的童年回憶全都跑回來，她興奮的在超市內擁抱着琪琪。一種他鄉遇故知的感覺，但她仍然沒有忘記當時曾拜託琪琪到美國找他的父親的事。琪琪急於想在珍回來前帶她離開這裡。

"對，我正是為此而來，不如妳現在跟我返家，我可以將妳交給我的文件還給妳，好嗎？對不起，我明天早上有公幹出差，一個月後才回來，不用擔心，我會打電話給妳大嫂，而且我住的地方又不遠，何不借此機會大家聚聚，之後，我會載妳回家的。"

美美經不起琪琪的懇求，就跟她離開超市。在車廂內，她們談起年輕時，在國內的有趣的事，嬉笑聲使美美將大嫂吩咐她小心琪琪的説話完全忘記。珍曾經將琪琪騙她的事情，清楚的告訴過她，但是美美仍然是不想傷害她兒時的好朋友。

"大嫂，我衹想取回我應得的東西就算，求妳不要令她坐牢。"

汽車轉入一個新社區裡，兩旁的小路，種植了各種顏色的花，使人忘記現在還是殘冬的季節。最後，琪琪駛進入一間白磚牆的大屋。停了車後，她溫柔的對美美說：

　　"對不起，我家的大門壞掉，麻煩妳穿過籬藩，由後門進入，我泊好車後會開門給妳。"

　　美美不明白這是什麼意思，但她仍依照着琪琪的指示走到後院去，這時，天色漸漸變暗，但仍有些小微光留在天上。從微光中她看到後院種了不少玫瑰花。美美沿着花叢轉到後門去，但是後門仍是漆黑一片，她在門邊的玻璃望入去，看到琪琪獨坐客廳的搖搖椅上，觀看着電視。美美不明白原因，於是她開始拍門，衹見琪琪驚慌的在茶几下取出一件東西，然後飛奔走向她，當美美看清楚琪琪手上拿着的是手槍時，她立即想轉身離開，但「呼！」「呼！」「呼！」三聲，在屋內發出來那些子彈將玻璃擊碎，再而射進入美美的身體內。在月亮的光照下，美美伏在寒冷的草地上，無力阻止體內湧出的血。當美美轉頭仰望時，明月發出的光，正影着琪琪邪惡的笑臉，此時她後悔沒有聽珍的警告。

　　"為什麼，妳要這樣對我？"

　　美美微弱的聲音問。琪琪蹲着，在她耳邊輕聲說：

　　"因為這個世界上衹能有一個李美美。"

　　美美聽了後，閉上雙眼。呼吸亦隨即慢慢停止了。琪琪走回大廳，調整一下她的情緒，然後用抖着的手撥 911。由於今次有人死亡，附近的警車亦急促的來到，另外一部救護車隨即亦到達。一個如警長的中年男人，指派每一個到場的警員去調查案情。琪琪站在他旁邊，一邊哭，一邊將室內錄影帶回播給警長看。警長在錄影帶裡見到她慌忙的從沙發跳下來，然後拿起手槍向後門開火。

"這個情形就如同上次妳報案一樣。"

琪琪驚慌地點頭。警長問：

"為什麼妳要開槍，不立即打電話給我們。"

琪琪答：

"這個太突然了，我怕在警員到達前，我會受到傷害。"

警長指着放在咖啡枱的手槍問：

"這手槍是妳嗎？"

琪琪點頭説：

"是我男朋友給我自衛用的。"

警長繼續問：

"妳認識那死者嗎？"

琪琪點頭説：

"她是我中國來的鄰居，但我不明白，今晚為什麼她要從後門進來。"

警長聽後，走到前門，按那門鈴，但那門鈴明顯的是壞掉。琪琪緊張地捉着那警長的手問：

"警長，我殺了人，是否要坐牢？"

警長安慰她説：

"如果証明，妳是無心，或自衛的話，可能會無罪，但最終還是看法官的判決。"

琪琪還是不斷地哭泣。這時，她的律師接到留言，立即回電，並説：

"妳不用怕，我將會用對方擅入民宅，而妳是自衛的理由替妳辯護，保證妳一定沒有麻煩的。"

她聽後，心頭輕鬆很多，但在驚嚇的表面上，一點也看不出來。

超市內，珍不停地找美美，但無論她找遍整間超市，都找不到她，問這裡的員工，她們除了搖頭外，並沒有任何指示。珍再走到外面找其他的店舖，但大部分的店舖亦已經打烊了，仍然在營業的，內裡都是冷清清，空無一人。於是，她跑回超市，直入到寫字樓，找那經理。一個兇狠的女人，突然闖入經理室。嚇得那經理，不知所措，珍怒氣沖沖的直問：

"這裡有沒有室內錄影的。"

經理見到她如此沒有禮貌，敷衍她説：

"沒有。"

但急於找人的珍，明明見到經理檯前的 14 吋液晶電視，直影着超市內每一個角落。她大聲的斥責那瘦小的越南人經理。

"他媽的，這裡明明是有的，但為何你説沒有。"

那經理受不了面前這個橫蠻的女人，説：

262

"這是我的店舖，我喜歡説什麼也可以，而且這裡除了員工外，其他是不許擅自闖入的，現在請妳離開這間房。"説完之後，就試圖將珍推出他的房。珍理不得什麼規矩。拿起寫字檯的膠紙座，作勢向着經理擲去，大聲吆喝：

"坐下。"

那經理怕她真的會將那膠紙座飛過來，立即軟下來問：

"OK，算我怕妳，請問妳為什麼要看我們店內的錄影帶？"

珍見到他軟下來時，她亦收斂起自己強蠻的態度。

"對不起，我只是急於想找回我的親戚，她剛剛才從中國來。對，我祇想看看，她有沒有獨自離開過這裏。"

那經理見她變成有禮貌的語氣時，他亦合作地重複觀看過去一個鐘頭內，在正門出入的顧客。當珍見到美美跟着琪琪離去後，一種不祥的感覺，使她心寒起來。

"請問有沒有這個區的電話簿？"

經理在他的寫字檯上拿出一本厚厚的電話簿。

珍接手後，隨即找到琪琪的名字，然後有地址和電話號碼。

她不理會那經理的反對，一手將那頁地址從電話簿裡撕下。然後拖着少華急步離開超市，然後向着電話簿上的地址駛去。接近琪琪家時，她看到門外停了幾部警車，和救護車，這時更令她感到不安。珍沒有驚醒睡着的少華，除下自己穿的毛衣替他披上，然後飛奔到琪琪的家。當她見到美美伏在血堆上時，她不理會在場警員的阻止，衝向還在大廳裡哭泣的琪琪處。琪琪告訴警長，珍是她的表姐。警長知道她們的關係後，沒有理會她們，繼續去搜集其他證據。珍怒極的對琪琪説：

"妳不要再假裝哭泣了。"

琪琪邊抹眼淚，一邊微笑着説：

"中國人説哭有悲傷的哭，和這種喜極而泣的哭。哈，現在這個世界上，各人都袛相信我才是李美美。哈，那會有人相信一個有精神病的人呢。"

珍聽後更悲憤，怒氣全湧現在她的臉。她不顧一切地拿出放在塑膠袋內作證供的槍。琪琪一點兒害怕都沒有，還説：

"哼！這裡有這麼多警員在，妳還敢開槍？"

"開槍，把這魔鬼殺死，開槍，不要怕。"

一把熟習的聲音，一個很久以前晚晚都和她説話的人。今次又在她的耳邊説：

"不要怕，開鎗吧！"

充滿着憤怒的珍，沒有一些兒考慮立即就用手指大力的扳動手槍的觸發掣，向着琪琪連續「呼！」「呼！」「呼！」發射了三鎗。琪琪倒臥在白色暗花的沙發上，她流出的血，令沙發的白花漸漸變成了鮮紅色。珍覺得很開心，興奮得大笑起來，然後舉起手槍準備鎗殺自己。

"親愛的，我們快見面了。

她一邊扳動手槍的觸發器，一邊大聲的叫。屋裡的警員，在旁大聲的嘗試喝止她。

"啪，啪，啪。"

三聲空槍的聲音，警員知道珍拿着的槍，子彈已經發光了。於是，圍着她，將她制服。珍還是不斷的大笑，大叫：

"魔鬼，我終於可以殺死這個魔鬼了，親愛的，我已經殺死那女魔鬼了。哈哈哈。"

這一切都全發生在十幾秒的時間內。一個女警，撲到把她摔倒在地上，並搶走珍手上的手槍，可能女警衝力太大，珍摔倒後昏迷了。

醒過來時，她不知道是早上還是在晚間，衹是知道自己身處在警署的拘留所內。她嘗試打開門，但一條條的鐵枝，任她如何用力也是推不開。當珍靜下來時，她憶起昨天發生的事，但對於她自己的行為，一點兒的悔意都沒有。吃過送來的午飯，她躺在冷凍的床上，心裡現掛念着的是少華，不知現在誰會照顧他呢？想到這個，她開始有點兒後悔自己的衝動。臥在又硬又凍的床上，半睡半醒之際，珍聽到一陣陣沈重的金屬碰撞的聲音，她跳下床一看，原來是一個獄警拿着一大串鑰匙打開她的閘，並說：

"妳的律師來了，快跟我出去。"

珍隨即跟着那獄警出去。

在警署內的會客室，珍很高興看到標和仙蒂與一個美國律師坐在一起。珍擁抱着仙蒂時，淚水如泉水般湧出。

"少華如何？他知道不知道他媽媽已死了？"

仙蒂忍着淚點頭。珍嘆了一聲：

"這個孩子真命苦，唉！我真的有點兒後悔帶他們來美國。"

仙蒂安慰她說：

"這也不能全怪妳的。"

在旁的標插咀說：

"不要浪費時間。今天我帶來的律師，他很有信心能幫妳脫罪。"

在旁的律師自我介紹後就輕輕的對珍說：

"妳的精神病仍然沒有完全恢復。"

珍急於解釋：

"律師先生，我精神上沒有問題，那天，我祇是太衝動。"

標立即按着她的手，用不流利的中文，跟她說：

"妳明白嗎？這個律師想用妳 sick。。。神經病，來替妳打脫 shooting homicide，對是殺人罪。但這個妳日後要花一點時間 stay 留在精神病院內。But you don't have to worry 妳不用擔心，他說，祇要妳乖乖服藥，他可以在 half year 半個年後，他可以幫妳走開醫院的。"

珍聽了後很高興地點頭，但突然她想問：

"那少華怎樣辦，我不想他返回中國，或是被送往孤兒院。"

仙蒂聽到後，笑着對她說：

"這個妳不用擔心，我們會好好的照顧他。"

珍露出一個多日來第一個寬心的笑臉。仙蒂見到她笑，繼續說：

"他真是一個很乖的小孩，而且很懂事，哈，標總覺得他很像大衛，特別是笑的時候。唉，看到他，令我產生了一個衝動，就是想擁有一個自己的孩子。"

標望着兩個笑得開心的女人，立即嚴肅的說：

"算了，不要再說，親愛的，妳快忘記今天我們來的目的，珍，僅記着，一會兒將會有警員來錄口供，記着，記着，什麼話也不要說，這位律師先生會替妳安排的。"

果然不久之後，有一男一女警員進來。珍記得標臨走時的吩咐，她想起初到美國時，自己是修讀演藝學院的。所以她使出當年老師教她如何去掩飾自己情緒的表情來。在問話時，她將自己的思維進入了丈夫逝去時的感覺，不期然哭泣起來。當回憶大家快樂的日子時，她的笑臉又重現。兩個警員望着她忽然是哭，忽然是笑的表情，對她也無奈何。在旁的律師，心裡亦佩服起珍的表現。不知是否珍太投入了，她竟然見到大衛穿着當日，他們結婚時的禮服，走過來與她跳舞。猶如回到結婚那晚，他們開始跳的第一隻舞。珍耳邊響起 Whitney Houston 的名曲 I WILL ALWAYS LOVE YOU。

隨着耳邊的歌曲，珍跳起舞來。兩名警員，祇有是搖着頭離開。

————————

　　候斯頓市夏天的天氣總是不穩定，早上還下了一場大雨，天文台發出龍捲風警告，勸告市民不要外出，留在家裡。　但對於珍來說，期待的這一天，終於來到。她依照律師的安排，乖乖留在精神病院內，果然半年後，她可以順利離開。由於天氣關係，標與仙蒂比預期遲了近兩小時到達。而最令珍開心的是，第一個在車內跳出來的是少華，他飛奔過來，用力的抱着珍。

　　"舅媽，我很掛念妳。"

　　珍當時感動得哭了起來，話亦說不出，祇有是流着淚點頭。在車廂內，少華伏在珍的懷裡。珍輕摸着他的頭，說：

　　"少華，你的英文進步了很多。"

　　他笑着點頭。坐在車前座的仙蒂，轉頭對珍說：

　　"我們每日都教他英文，所以現在他已經能夠串自己的名字了。"

珍問：

"真的嗎？來，用英文串你的名字給舅媽聽。"

少華帶着微笑，輕聲地將他的名字，一字不漏地串了出來。串完後，大家都鼓掌。珍隨即說：

"少華，你很利害，這麼長的英文名字你也能串出來，那麼你還記不記得寫自己的中文名字呢？"

原本笑着臉的少華，聽到舅母的說話後，臉孔隨即拉下來，變得默然不語。珍奇怪的問：

"少華，什麼事？是否怕我知道你忘記怎樣寫自己的中文名字而怕我責怪你呢？"

珍見到少華搖頭，之後繼續說下去。

"傻孩子，少華這樣乖，舅媽怎麼會責罵你呢？算了罷，日後有空，我會再教你中文字。特別是你的中文名字。"

誰知少華聽到後，更加哭泣起來。他一邊哭，一邊叫着：

"媽媽。媽媽。"

他的哭聲使到車廂內的人，感覺到不安。他哭了一會就停下來。抱着他的珍，問：

"少華，可否讓舅媽知，究竟什麼原因，令你想哭?"

少華想了一想之後說：

"我的中文名字是媽媽教我寫的，所以...我很想念她。"

珍聽後，亦心酸起來。流下的淚水滴在少華的頭上。

當她剛抹乾淚水時，車已經停在一幢嶄新的房屋外。雖然她未見過這幢新房屋，但周邊的鄰宅仍然是一樣，她記得這間房屋就是她新婚時與大衛和他媽媽住的屋。標夫婦走時，給珍一條門匙，然後就駕車離去。珍拖着少華，一步步的走向大屋，當她打開大屋的正門時，見到內裡的佈置如返回舊日的回憶裡。傢具仍然放在原來的地方，顏色依舊，但一看便知道是新買的。究竟是誰將這間燒毀的屋重建呢？在臥室內，牆壁上仍掛着她們在夏威夷渡蜜月的相片。她倚坐在一棵半彎的椰樹下，大衛站在樹旁微笑地看着她。　地氈已從她討厭的深灰色換成明亮的米白色。加上地氈下用了半寸厚的墊，光着腳在上面走時，彷如踏在浮雲般輕逸。最令珍喜悅的是，在衣櫥內，她留下來的衣服，全部已經清洗好，一件件掛在櫃內，特別是她結婚時穿的白色長婚紗，仍然是套在一個透明的大膠袋內。珍立即拿出來，再次穿在身上，對着衣櫥內的長鏡，左轉右看。她興奮得忘記了少華，這個小夥子，不知道在什麼時候走了進來，望着她說：

　　"舅媽，妳很漂亮啊。"

　　他的一句話，令到珍開心的笑起來。見到舅媽笑，他開心的走上她的床，在上面不停的跳。珍見到他玩得這樣開心，並沒有阻止他。在少華不停的跳時，有封放在床上的信跳了出來，珍隨即拾起來看，寫信的人原來是琪琪。

　　"表姐，記得妳曾經說過想把這間舊屋翻新，設計一間屬於妳的房屋。但苦於沒有機會知道妳的要求是什麼。所以我衹好吩咐建築師照着舊屋的藍圖來重建，至於屋內的物品，有很多地方我都是憑着記憶盡量將它還原。

這二年內，妳和我之間發生了很多事情，有些事情大家都不想見 到的。我知，我為了滿足自己的自私行為而做了些對不起妳的事， 更利用妳對我的信任而傷害了妳。不過，這個我都是迫於無奈，希望妳能明白。但無論如何，妳仍然是我最親的表姐。如果今次替妳修補好這間房屋，能獲得妳原諒的話，我覺得這筆錢是值得花的。表姐，妳美麗，大方的微笑常存在我心，希望有一天，能夠再與妳共聚。琪琪。"

珍閱後，立即把它撕碎，說：

"虛偽，這全是遮掩自己犯錯的虛偽說話。"

這時，她的手機響起來：

"珍，我是黃律師，妳想替少華的旅遊簽證延期，這個會有點麻煩，因為他的媽媽已不在人世，而且他年紀又這麼小。我有一個建議，何不妳嘗試申請領養他，這樣妳有個孩子陪妳，小朋友又可以有媽媽照顧。況且，警方已經拘留了替琪琪做假證明的甄律師，待日後審判結果出來後，李先生名下的所有物業將會轉回給妳和少華。"

珍在電話道謝：

"那就麻煩你了，黃律師。"

少華見珍電話掛線後，頑皮的從床上跳向舅媽懷中，珍雙手將他接着，吻了他一下，然後對着這個小寶貝說：

"少華，你喜不喜歡舅媽，好，但如果舅媽變成你媽媽，好嗎？"

少華立即回應：

"我媽媽已經死了。"

停了一頓之後，他繼續說：

"不過，我也喜歡舅媽妳。"

珍笑着答：

"Me too 。"

少華用認真的語氣對珍說：

"我不想叫妳做媽媽，因為我祇有一個媽媽。"

珍提議說：

"對，妳祇有一個媽媽，但你可以叫我做媽咪，好嗎？"

少華抱得他緊緊的叫了她一聲：

"媽咪。"

然後吻了她一下。穿着婚紗的珍，耳邊再次響起 Whitney Houston 的歌，她一邊唱着歌，一邊抱着少華在房內跳舞。而站在遠角的大衛一直望着她們笑。

完